홍콩
산책

joyce baker
interior design
Plant-a-Park Ltd
PEEL FRESCO

도시 인문 여행

홍콩 산책

류영하

산지니

머리말

나는 홍콩을 연구하는 사람으로서 홍콩에 대한 논문이나 학술서는 많이 써왔다. 하지만 마음 한구석에서는 딱딱하지 않은 책, 그래서 읽기 쉽고 재미있는 책을 쓰고 싶었다. 홍콩 여행서이면서도 홍콩의 역사와 문화를 잘 알 수 있는 책 말이다. 그런데 이것이 말처럼 쉽지 않아 차일피일 하던 중에, 홍콩 교민회에서 일하는 케씨 김의 제안을 받고 교민회지에 매월 한 차례씩 홍콩문화칼럼을 발표했다.

그 글들을 대폭 정리하고 수정하고 보충해서 이렇게 한 자리에 모았다. 물론 그대로 실은 것은 아니고 내용과 문체는 물론 주제, 제목만 해도 수십 번을 바꾸었다.

책에 실린 20개의 주제는 홍콩의 정체성을 대표하는 키워드이다. 그 속에는 홍콩의 맛집부터 역사까지, 홍콩에 대해 내가 아는 모든 것이 담겨 있다. 결과적으로 나는 이 책을 쓰기 위해 그동안 홍콩 공부를 해 온 듯하다.

책 속 홍콩의 지명은 우선 한국인들에게 익숙한 발음으로 표기를 했고, 그다음에 최대한 현지 발음과 가깝게 하는 것을 원칙으로 했다. 또한 그곳을 찾아가기 쉽도록 한자를 병기했다. 인명 역시 가독성을 위해서 우리 독음으로 나타냈다.

책을 쓰라는 산지니 강수걸 사장님의 관심과 더욱 짜내라는 이은주 편집자의 채찍이 없었다면 이 책은 세상에 나올 수 없었을 것이다. 모쪼록 『홍콩 산책』이 독자들에게 홍콩을 보는 새로운 창이 되었으면 좋겠다.

2018년 여름
연일 기록을 갱신하는 더위와 더불어
화동재和同齋에서 류영하 씀

개정판을 내며

"홍콩은 이제 망했다면서?"

2020년 6월 〈홍콩특별행정구 국가보안법〉이 공포된 이후, 나는 이런 질문을 많이 받았다.

질문을 받을 때마다 가슴이 답답했다. 어떻게 대답하지? 세상만사 기준과 잣대가 중요한 법이다. 망했냐고 질문하는 사람들의 기준과 잣대가 모두 다를 것이다.

누구는 화려한 야경을 생각했을 것이고, 누구는 엄청난 규모의 쇼핑센터를 염두에 두고 질문을 했을 것이고, 누구는 맛있는 딤섬의 맛이 궁금했을 것이다. 또 누구는 홍콩 특유의 절대 자유를 떠올렸을 것이다.

2019년 1월 『홍콩 산책』이 출간된 후, 그동안 홍콩에 관심 있는 독자들의 사랑을 받아 3쇄까지 냈다. 쇄를 거듭할 때마다 조금씩 수정을 했지만, 이제 좀 더 큰 폭의 수정과 보완을 하지 않을 수 없는 시점이 도래했다.

왜냐하면 국가보안법이 발효되었기 때문이다. 일반적으로 1997년 홍콩의 주권이 영국에서 중국으로 반환된 것을 홍콩 역사의 중요한 분기점으로 삼는다. 하지만 나는 홍콩의 역사를 2020년 6월의 국가보안법 그 이전과 이후로 나누고 싶다. 홍콩사회에 던지는 충격파가 그만큼 컸다.

2023년 7월, 홍콩에 다시 갔다. 코로나로 길이 막힌 지 4년 만이었다. 홍콩과 홍콩 사람들은 많이 변했다. 홍콩인들은 떠나고 있었고, 친구들은 말을 조심했다. 반면에 보통화(표준어)에 대한 거부감이 훨씬 줄어들었다. 한때 보통화를 사용하는 중국인들에게 살벌한 적대감을 보였다면, 이제 홍콩인들은 그들을 자신의 일부로 받아들이고 있었다.

더불어 야경도, 쇼핑센터도, 딤섬도 여전했다. 그렇다면 홍콩은 망했을까, 아닐까?

2023년 8월 춘천 우유당優游堂에서

류영하

차례

걷기

타기

먹기

보기

알기

일러두기

교양서이니만큼 독자의 이해와 가독성을 위해, 이미 한국인에 익숙한 용어는 한국어 한자음, 영어식 또는 광동어음을 그대로 따랐다.
예를 들면 손문(孫文), 문무묘(文武廟), 홍콩섬(香港島), 침사추이(尖沙嘴), 센트럴(中環), 청킹맨션(重慶大廈), 이소룡(李小龍) 등이다.

한때 한국에서 '홍콩 간다'라는 말이 유행한 적이 있다.

'홍콩 간다'라는 말은 1960년대 홍콩이 베트남전쟁의 특수를 누리면서 생겨난 말이다. 베트남전쟁이 장기화되면서 미군들이 쉴 공간이 필요했고, 베트남과 가까운 홍콩은 여러 가지 이유로 매우 합당한 곳으로 인식되었다. 교통이 편리할 뿐 아니라 영어가 통하고 미국으로서는 최고의 우방국이라고 할 수 있는 영국이 통치하는 곳이기에 안전까지 담보되는 도시였기 때문이기도 했다.

당시 홍콩은 전쟁의 트라우마를 잠시나마 잊고 싶은 군인들에게 대단히 만족스러운 곳이었다. 홍콩에서는 인간이 원하는 모든 것을 손에 넣을 수 있고, 모든 호기심을 충족시킬 수 있었다.

하지만 그것이 가능했던 배경에는 홍콩의 부정부패가 있었다. 1960~70년대 홍콩에서는 경찰이 매춘·도박·마약 거래에 개입하여 해마다 벌어들이는 돈이 10억 홍콩달러에 달한다는 보고도 있을 정도로 심각했다.

1974년 어느 영국인 경찰 간부는 437만 홍콩달러(당시

아파트 한 채 가격이 2만 5천 달러) 상당의 부를 축적하고 영국으로 도주하였는데, 여론이 비등하여 홍콩으로 강제 송환된 적도 있다.

이런 요인이 세계에서 가장 우수한 부패방지기구로 인정되고 있는 '염정공서(ICAC)'의 출범을 이끌어낸 것이다. 당시 개인의 치부를 위한 홍콩 경찰(최고위 간부들까지)의 부패 스캔들의 정도와 규모는 지금까지도 전설처럼 전해지고 있다.

그렇다면 홍콩에 만연된 부패의 원인은 무엇일까?

알다시피 홍콩은 영국의 식민지였다. 어떤 학자는 명백히 존재하는 중국 정부로부터 영원히 할양(홍콩섬과 구룡반도는 영구 할양, 신계는 99년 조차)받았다는 점에서 식민지가 아니라고 하지만, 힘으로 얻었다는 점에서 식민지가 분명하다. 어떤 측면에서 식민지는 주인이 없는 공간이라고 할 수 있다. 뺏긴 쪽이나 뺏은 쪽이나 그렇게 절박한 공간은 아니라는 말이다. 즉 양쪽 모두 그곳의 항구적인 발전 또는 균형적인 성장을 도모하는 정책을 펴기보다는 그때그때 필요한 즉흥적인 정책을 취하기 쉽다.

홍콩식의 자유와 자본주의는 필연적 부산물이라고 할 수 있는 부정부패를 동반했고, 그것은 겉은 달콤하지만 속은 쓴 '당의정'처럼 갈등을 감싸고 있었다.

중국은 1840년 아편전쟁의 패배로 영국의 요구를 수용할 수밖에 없었다. 영국의 요구는 우선 전쟁비용 배상과 기독교 전도의 자유 그리고 5개 항구의 개방이었다. 특히 일찌감치 눈독을 들여온 교통의 요충지 홍콩의 영구적인 할양이었다. 영구적으로 달라는 것이었다. 달리 거절할 힘도 버틸 여력도 없었던 청나라 정부는 그냥 영국의 요구를 다 수용할 수밖에 없었다. 그래서 상주인구(그것도 해적일 수도 있고 아닐 수도 있는) 2만 명쯤 되던 섬이 영국에게 넘어가게 된 것이다.

19세기부터 중국 대륙에서는 내우외환이 끊이지 않았다. 식민지 역사가 시작된 1840년대부터 피란민이 홍콩으로 유입되기 시작하였다. 특히 대륙에서 사회주의 역사가 시작된 1949년 전후에 1백만 명이 유입되어 홍콩의 인구가 폭발적으로 증가했다. 홍콩-중국 사이 국경 개념인 철조망이 등장한 이후에도 인구 유입은 계속되었고, 문화대혁명이 끝나고 감시가 느슨해진 기회를 틈타 홍콩은 다시 한 번 피란지로서의 역할을 했다.

그렇다. 홍콩은 피난지였다. 홍콩인들은 피난민이었다. 이 사실이 홍콩의 장점이 되기도 단점이 되기도 했다. 금방 고향으로 돌아갈 작정을 하거나, 해외 어딘가로 다시 떠날 사람들에게 홍콩은 그냥 잠시 머무르는 곳일 뿐이었다. 크게 정을 줄 곳도, 악착같이 목을 맬 곳도 아니었다. 그래서 홍콩 사람들 사이에 나는 중국 사람도 아니고, 영국 사람도 아니라는 정체성이 자리 잡게 된 것은 지극히 자연스럽다. 실제로 식민의 주체인 영국정부도 자신들의 이익을 추구하는 데 주력했을 뿐, 이 사람들의 정체성을 수립하는 데 신경 쓸 필요도 없었다.

정체성이 강해질수록 사회 복지 등에 대한 요구 수준이 높아질 테니까 말이다. 차라리 정체성 없는 홍콩이 자신들의 이익 추구에는 더욱 좋은 조건이 되었을 것이다. 그래서 흔히 영국은 홍콩에게 '민주는 주지 않고, 자유만 주었다'고 한다. 하기야 민주를 제공하는 식민지는 존재 자체가 불가능할 것이다.

자유는 홍콩에 경제적인 풍요를 가져왔다.

그런데 이 풍요가 자신을 내친 또는 자신이 버린 '조국'을 차별하는 자부심으로 전환되면서, '홍콩인'이라는 정체성이 만들어지기 시작한다. 잘사는 '나'와 못사는 '너'는 분명히 다르다는 의식 말이다. 특히 피란민들은 중국 사회주의의 피해자 신분이었기에, 중국공산당과는 원한 관계가 있는 경우가 많았다.

'홍콩인'을 읽을 때 이 점이 매우 중요한데, 홍콩인은 중국인이되 중국인이 아닌 특이한 그 무엇이 있다.

피란민은 현실적인 이익에 집착할 수밖에 없었다. 남들과 함께하는 공동의 이익보다는 우선 나 혼자만의 이익이라도 챙겨야 한다. 그래야 타향에서 버틸 수 있기 때문이다. 그래서 나는 식민지 홍콩에서 시민의식의 성장이 유보되었다고 본다. 시민의식은 시민역량이라고 볼 수 있는데, 시민의식 없이 행복한 사회는 만들어지지 않는다.

오늘날 선진 국가를 살펴보면 사회적 연대가 얼마나 중요한지 알 수 있다. 시민역량의 부재는 사회구조의 선순환보다는 악순환을 유도하였고, 결과적으로 타인에게는 무관심하고 내 이익에는 매우 민감한 홍콩인의 현재를 만들어냈다. 이 점이 홍콩의 진정한 발전에 가장 큰 걸림돌이었다.

지금의 홍콩은 식민주의와 자본주의의 결과물이다. 풀어보면 홍콩 사람들 속에 중국도 있고 영국도 있다. 바꾸어 말하면 홍콩은 중국도 아니고 영국도 아닌 정체성을 지니고 있다. 어떤 학자는 홍콩의 그 특수한 의미에 대해 '제3의 공간'이라는 이름을 붙였다. 나는 사실 어떤 것보다도 이런 분위기 때문에 홍콩을 좋아한다. 누구의 편도 아무의 편도 아니다. 또 어느 편인지도 밝힐 필요도 없는 자유 말이다. 홍콩은 그 어떤 사상이나 이념도 강요되지 않는 자유가 그나마 보장되던 곳이었다.

그런데 1997년 이후 상황은 급변했다. 150년 만에 홍콩의 주권이 원래 소유주였던 중국에게 돌아가게 된 것이다. 나름대로의 정통성을 지닌 중화민국(대만)의 항의도 있었지만, 영국은 대륙과 정식 수교를 맺고 있는 우선권을 인정하여 홍콩의 주권을 중화인민공화국에게 반환했다.

1980년대 초부터 중국과 영국 간 주권 반환 협상이 진행되면서, 홍콩 사회는 정신적으로 혼란에 빠져들기 시작했다. 협상 테이블에 정작 자신들의 자리는 없었기 때문이다. 자신들의 앞날을 자신들이 결정할 수 없는 슬픔은 매우 컸다. 그것이 홍콩의 진정한 탄생을 알리는 신호였다고 해도 과언이 아니다.

주권을 돌려받은 중국은 150년이라는 기나긴 시간의 공백을 메우기 위한 마음에, 홍콩에게 국가에 대한 충성심을 요구하기 시작했다. 이른바 '다시 국민 만들기' 작업이다. 어느 날 갑자기 나타난 '조국'은 무조건적 복종을 강요했고, 홍콩 사람들에게 시시각각 스트레스로 작용하게 되었다.

앞에서 말한 바와 같이 홍콩은 영국의 식민지이자 중국의 피란지였기에, 주인의식이 만들어지기는 어려웠다. 국가권력을 견제할 수 있는 힘이 시민역량이라고 본다면, 홍콩의 시민역량은 거의 전무하다고 할 수 있다. 그래서 주권 반환 이후 홍콩 사회는 자신의 정체성을 발견하기 위해 몸부림치는 사춘기의 청소년 같다는 말을 듣는다. 자신의 정체성 찾기에 고민하는 사춘기 말이다. 학계에서는 '소년 홍콩'이라는 말이 유행했다. 인생으로 볼 때 홍콩은 '소년기'에 처해 있다. 그렇다면 우리는 이런 질문을 해볼 수 있다.

'홍콩을 통해서 무엇을 배울 것인가?'

'홍콩이 우리에게 시사하는 바는 무엇일까?'

내가 생각하기에 홍콩이 중요한 이유는 정치경제적인 문제점들을 한발 앞서 보여주고 있기 때문이다. 자본주의도, 세계화도, 정체성의 충돌도, 계급 간의 첨예한 갈등도 미리 보여주고 있다.

홍콩은 첨단 자본주의를 자랑하면서도 최근까지 최저임금제도도 없고, 수십 년간 세계 최고 수준의 빈부격차가 지속되고 있다.

홍콩은 내부적으로 정체성의 갈등을 겪고 있고, 외부적으로 중국과 정체성 간의 강 대 강 충돌을 보여주고 있다. 그래서 영국과 중국의 싸움이 계속되고 있다고도 한다. 영국이 떠나면서 던져놓은 민주의 싹이 중국에게 큰 부담이 되고 있는 게 사실이다. 반면에 중국이 급한 마음에 '조국'이라는 정체성 주입을 너무 서두른다는 비판을 받고 있다. 요컨대 중국은 홍콩에게 애국심을 요구했고, 홍콩은 중국에게 민주주의를 요구했다.

매년 7월 1일, 홍콩은 주권 반환 기념 활동으로 분주했다. 홍콩정부는 친중국 세력을 총동원하여 대대적인 축하 행사를 열고, 홍콩의 야당과 독립파들은 거리 시위로 자신들의 의사를 마음껏 표현했다. 그것을 쫓아다니는 것이 내가 할 일이기에 이래저래 마음이 바빴다.

하지만 2023년 7월 현재 홍콩 거리에는 주권 반환 26주년 축하 기념광고만 눈에 띄었다.

걷기

빅토리아공원 ● 문무묘 ● 퍼시픽 플레이스

홍콩상하이은행 본사

도심의 오아시스

빅토리아공원

維多利亞公園

홍콩에 가면 아파트의 현관문을 보고 놀라게 된다. 한국과 완전히 다르게 쇠창살로 되어 있기 때문이다.

보통 홍콩 아파트의 현관문은 이중으로 되어 있다. 안쪽은 나무문이고, 바깥쪽 문은 철창이다. 그 문을 여닫는 소리는 영화에 나오는 감옥 문의 철커덩하는 그것과 똑같다. 그렇게 아파트의 현관을 들어서고 나설 때마다 철창문 소리를 들어야 한다. 그 소리와 함께 아파트와 외부는 단절된다. 이웃과 나는 완전히 별개가 된다. 내게 그 문 소리는 막막했던 유학 시절의 아픔을 떠올리게 하는 트라우마로 남아 있다.

중국에서 홍콩으로 이민 온 어떤 작가는 홍콩에 막 도착해서 그 소리를 듣자마자 그냥 눈물이 주룩 흘러내렸다는 말을 한 적이 있다. 현관문을 두 개 그것도 하나는 철창으로 해야 안심이 된다는 것은 불안하고 각박한 사회 분

도시 전체가 콘크리트로 덮여 있다.

위기를 반영하는 것이리라. 나는 아직도 이해하지 못한다. 그냥 한국식으로 현관문 하나를 달면 안 되는 것일까 하고 말이다. 아니, 사실은 걱정이 된다. 앞으로 한국의 아파트 현관문이 홍콩을 흉내 내어 철문으로 바뀌는 것이 아닌가 하고.

게다가 한 뼘의 틈도 없이 다닥다닥 붙은 빌딩들은 바라보는 사람들을 바짝 긴장시킨다. 거대한 콘크리트 숲에 갇힌 느낌은 알게 모르게 큰 스트레스를 준다. 아파트 현관의 쇠창살문 여닫는 소리를 상상하면 더욱 그렇다.

홍콩의 삭막함을 더하는 요소가 또 있다. 모든 현대 도시의 특징이겠지만 홍콩 전체는 콘크리트로 덮여 있다. 큰길, 작은 길, 동네 골목, 심지어 학교의 운동장이나 동네 공원조차 콘크리트로 덮여 있다. 이 사실을 자각하는 순간 가슴이 답답해진다.

이렇게 삭막한 환경 속에서 그래도 오아시스 역할을 성실하게 담당하고 있는 것이 공원이다. 홍콩의 도심에서 만나는 공원은 달고 단 생명수 같다. 어떻게 보면 홍콩이라는 콘크리트 도시가 미안한 마음에 홍콩의 시민들에게 주는 선물로 느껴지기도 한다.

나는 홍콩을 비롯해 외국에 가면 새벽에 일어나서 호텔 주위를 산책하는 습관이 있는데, 그 사회의 민낯을 고스란히 볼 수 있기 때문이다. 특히 공원에 들어서면 그 나라 사람들의 문화를 한눈에 엿볼 수 있다.

중화권 공원의 특징은 다양한 스포츠와 취미 생활의 공간이라는 점이다. 제기 차는 사람, 뒤로 걷는 사람, 팔만 흔들면서 가는 사람, 태극권 하는 사람, 검술과 창술을 연습하는 사람, 노래 부르는 사람, 장기 두는 사람, 서예 연습하는 사람, 사교춤을 추는 사람 등 정말 다양한 사람들이 보인다. 그것을 보면 중국 문화의 깊이와 넓이가 짐작된다.

새벽에 홍콩의 공원에 나가 보면, 가장 많이 눈에 띄는 것은 태극권을 수련하는 장면이다. 대부분 혼자서 이른바 '사과를 손으로 잘라서, 너 하나 먹고, 나 하나 먹고' 하는 시늉을 하면서 열심히 한다. 그중에는 칼이나 창 또는 장대로 수련을 하는 이도 있고, 두 사람이 대련하는 장면도 어렵지 않게 볼 수 있다. 새벽에 곳곳에서 수십 명의 사람들이 태극권을 수련하는 모습을 보고 있노라면, 정말 중화권에 와 있음을 깨닫는다. 태극권은 중국 문화를 대표하는 상징의 하나이기 때문이다.

이것은 중국문화의 또 다른 저력임이 분명하다. 태극권이 수천 년 동안 민간에 전승될 수 있었던 가장 큰 이유는 그것이 신체단련을 표방하고 있지만, 인격수양이 궁극적 목표이기 때문이다. 태극권 수련 장면을 보면 홍콩인들이 지닌 중국적 정체성을 새삼 깨닫게 된다. 전통문화의 측면에서 보면 그들은 중국인이 확실하다.

이렇게 홍콩인의 문화를 엿볼 수 있는 공원은 홍콩에서 어떤 의미일까?

분명 한국에서의 공원과는 다르다. 홍콩의 공원을 알기 위해선 우선 홍콩의 일반적인 주거공간에 주목해야 한다. 한국과 홍콩 아파트의 넓이가 다르기 때문이다. 물론 홍콩에도 넓은 아파트가 있지만, 홍콩인들은 한국에 비해서 상대적으로 좁은 아파트에 살고 있다. 한국인들은 홍콩 서민 아파트로 들어서는 순간 바로 답답함을 느끼게 된다. 그 좁은 공간에 일가족 여러 명이 생활하고 있는 것을 보면 답답한 마음은 바로 불편한 마음으로 바뀐다.

또 하나 더 주목해야 할 것은 아파트의 밀집 정도와 높이이다. 이런 정도의 거리인데 어떻게 건축허가가 나올까 할 정도로 아파트와 아파트가 가깝다. 이쪽 아파트에서 저쪽 아파트의 거실 텔레비전 화면을 볼 수 있을 정도이고, 주방에서 만드는 음식 냄새가 우리 아파트로 넘어올 만큼 가깝다. 그 정도의 간격에 40~50층 되는 높이의 아파트가 다닥다닥 붙어 있다.

홍콩에 도착한 지 얼마 지나지 않았을 때 23층 건물에 잠시 거주한 적이 있다. 물론 아주 작은 아파트였고, 작은 방에서 한국인 친구와 같이 생활했다. 그 집은 지나칠 때마다 서로 어깨가 부딪칠 정도로 좁았다. 그 집에 살고

사무실과 아파트 건물이 혼재

홍콩의 서민 아파트

빽빽한 부동산 중개소의 광고

있는 홍콩인들은 불편함 없이 잘 적응하며 살고 있는 듯한데, 나는 숨이 막히고 도무지 불안하고 불편해서 매일매일이 악몽 같았다. 가급적 밖에 있다가 밤에만 들어가곤 했다.

이런 상황에서 당연히 한국의 공원과 홍콩의 그것은 가치가 크게 다르다. 홍콩 사람들은 그렇게 집에 들어가기도 곤란하고, 계속 걸어 다니기도 곤란할 때 공원으로 간다. 답답한 마음을 잠시라도 풀어준다는 점에서 홍콩 공원의 가치는 매우 크다. 홍콩의 주거공간을 생각하면 공원은 상대적으로 매우 넓다. 공원을 중시하는 영국적 전통이며, 식민지 영국이 남긴 장점이라고 칭송되기도 한다.

이제 본격적으로 공원을 살펴보자. 구룡공원九龍公園은 아편전쟁 당시 중국군의 요충지로서 포대가 있었다. 공원 부지는 1861년 영국군이 그 자리를 차지한 이후 영국군의 주둔지가 되었는데, 막강한 권력의 군대가 요지부동 사용하다가 1970년에서야 시민들을 위한 공간으로 제공했다. 영국군의 막사 건물은 리모델링되어 지금의 '홍콩문물탐지관香港文物探知館'이 되었다.

식민지를 경영하기 위해서는 군대가 중요하기에, 군대는 교통이 가장 편리한 곳에 터를 잡는다. 시내 요지의 군대 주둔지를 시민에게 돌려준다는 관용이 이루어졌다는 건, 사회가 어느 정도 안정되었다는 뜻이 아닐까?

구룡 반도의 최대 번화가인 '침사추이尖沙咀'에서 한적한 곳으로 도망가고 싶다면, '구룡공원九龍公園'이 가장 적절하다. 인산인해의 관광객이나 쇼핑객들의 흐름에서 벗어나서 구룡공원으로 들어가 보면 공원 안팎의 대비를 선명하게 느낄 수 있다. 공원 밖의 소란함에 비하면, 공원 안은 매우 조용하여 별천지 같다. '백조원百鳥園'에서는 38가지 종류의 새를 볼 수 있는데, 특히 홍학 떼의 재롱이 볼 만하다.

홍콩 사이드의 '홍콩공원香港公園'은 비교적 최근인 1991년에 개장하여 홍콩 도심의 허파 구실을 톡톡히 하고 있다.

그나마 도심의 금싸라기 같은 공간을 아파트촌으로 만들지 않고, 숲이 우거진 공원으로 만드는 여유가 있다. 홍콩섬의 비좁고 비탈진 땅을 이용하여 아름다운 공간으로 재탄생시키는 아이디어가 돋보인다. 홍콩 사이드의 최대 쇼핑몰인 '퍼시픽 플레이스太古廣場'와 연결되어 있다.

퍼시픽 플레이스에서 쇼핑하다가 지치면 지하 음식 코너에서 먹거리와 음료수를 사가지고 공원에 살짝 가보아도 좋겠다. 온갖 열대 식물로 가득한 식물관과 무려 90종이 넘는 새들이 살고 있는 조류관이 유명하다.

또한 홍콩공원 내의 '홍콩다구박물관香港茶具博物館'은 건물이라는 하드웨어나 그 안의 매점에서 파는 다구 등의 소프트웨어 모두가 볼 만하다. 차와 다구를 파는 매점은 상

빅토리아 여왕 동상

품의 다양성에 있어서 내가 아는 한 최고의 장소다. 건물은 식민지 시대 영국군 사령관의 저택인데, 그 시대의 분위기를 담은 특징적인 건축물 중 하나라고 한다 .

홍콩섬 코즈웨이베이의 빅토리아공원維多利亞公園은 홍콩에서 가장 큰 공원으로, 세계적으로 바다 매립 사업의 성공적인 모델로 평가된다.

홍콩정부는 홍콩에 산지가 많고 평지가 적기에 바다 매립으로 토지를 확보하는 정책을 줄곧 유지하고 있다. 매립 역사는 중국으로부터 할양받은 다음 해인 1842년부터 시작되었다. 빅토리아항구의 이쪽저쪽이 모두 매립지다. 매립지가 이미 홍콩 총면적의 7%를 차지한다니, 180년 전의 지도와 완전히 달라졌다고 할 수 있다.

내가 홍콩에 갈 때마다 머무는 '상환上環' 지역 역시 원래 바다였다. 상환은 식민지 초기 홍콩의 거리 풍경을 간직하고 있기에 재미있다. 홍콩이 동남아시아와 중국을 연계하는 무역항이라면, 상환 지하철역 주위의 건어물이나 한약재 상점들로부터 그 실체를 확인할 수 있다.

물론 바다 매립 정책에 대해 모두가 찬성하는 것은 아니다. 환경 보호주의자들의 반대에 몇 건의 매립 계획이 보류된 적도 있다. 빅토리아항구 양쪽이 바다 매립으로 유속이 매우 빨라졌기에, 배들의 편안한 주행이 어렵다고 한다.

빅토리아공원은 1955년에 개장했다. 공원에는 축구장, 농구코트, 테니스코트, 수영장 등의 시설이 있다. 특히 정문에는 전성기 영국을 상징하는 빅토리아 여왕(재위 1837~1901) 동상이 자리 잡고 있는데, 한번 볼 만하다. 태평양전쟁 막바지 전쟁물자 마련에 다급했던 일본정부는 동상을 녹여서 총알을 만들고자 일본으로 운반해 갔다. '간신히' 살아 돌아온 여왕의 얼굴을 찬찬히 살펴보고 있노라면, 식민지 역사와 전쟁의 아픔에 대해 생각을 하게 된다.

빅토리아공원은 그 위치와 넓이에 걸맞게 각종 행사가 자주 열린다. 추석에는 거대한 '화등花燈' 시장이 열리고, 크리스마스 때 열리는 전람회에서는 다양한 특산물과 미식을 즐길 수 있다. 물론 연중 수시로 열리는 벼룩시장은 덤이다.

또한 한때는 일요일 정오에 '도시 논단'이라는 이름의 시사토론회가 열렸다. 그러고 보면 홍콩인들에게 빅토리아공원은 민주를 학습하고 민주를 생산하는 성지라고 할 수 있다. 중국의 '천안문 민주화 운동'이 발생한 6월 4일에는 중국의 민주화를 요구하는 행사가, 홍콩의 주권이 영국에서 중국으로 반환된 7월 1일에는 홍콩의 민주화를 요구하는 시위가 대대적으로 열렸다.

홍콩의 시위 규모나 스타일에 대해서 관심 있는 한국인

들이 일정을 맞추어, 6월 4일이나 7월 1일에 빅토리아공원으로 가보기도 했다. 구경하는 사람이 한국인이라는 것이 밝혀지면 크게 환영을 받을 수도 있는데, 홍콩인들은 시위 문화만큼은 한국인들의 단결력을 매우 부러워한다. 한국인들은 시위를 하면 무슨 결과를 얻어내는데, 자신들의 시위는 매번 아무 성과 없이 마무리되기 때문이다. 하지만 홍콩에서 더 이상 시위를 볼 수는 없을 것이다. 2020년 6월 국가보안법이 발효되었기 때문이다. 2023년 7월 방문했을 때 공원 남쪽 전체에 철책이 설치되어 있는 것을 보았다. 현재 홍콩의 민주 정도를 상징한다. 한때 세계 최고의 언론자유도는 이제 100위 정도로 내려왔다. 언론자유가 없다는 뜻이다.

빅토리아공원에 갔다면, 정문 바로 앞에 있는 '홍콩중앙도서관香港中央圖書館' 내부를 꼭 한번 둘러보기를 권한다. 도심에 왜 도서관이 필요한지, 도서관이 시민들에게 무엇을 제공할 수 있는지를 볼 수 있다.

도심, 그것도 시민들이 접근하기 가장 편안한 곳에 큰 공원을 만들고 도서관을 지었다는 것에서 홍콩식 사고방식의 특징을 엿볼 수 있다. 나는 언젠가 한국의 모든 먹자골목에 도서관이 생기는 날을 꿈꾼다.

한국의 도서관이 무겁고 엄숙한 분위기를 연출한다면, 홍콩의 도서관은 조금 더 가벼운 듯한 매력을 보여준다.

나는 도서관에는 책을 들고 편하게 뒹굴뒹굴할 수 있는 방이 있어야 한다고 생각한다. 미국 버클리 대학의 중앙도서관 입구에는 실제로 누워서 책을 볼 수 있는 카페 같은 방이 있다. 이처럼 도서관은 쉽게 접근할 수 있어야 하고, 편안하고 가벼운 마음으로 다가갈 수 있어야 한다고 생각한다.

전 층이 한 공간처럼 보이고 에스컬레이터로 연결되어 있어 책 접근이 용이하며 홍콩 관련 도서 파트가 따로 마련되어 있는 등 '홍콩중앙도서관'의 도서 분류방식도 재미있다. 지나가면서 홍콩시민들이 무슨 책을 보고 있는지 살펴보기도 한다. 그러면 그들의 취미와 관심사를 알 수 있고, 젊은이들의 취업 고민도 엿볼 수 있다.

빅토리아 공원에 가려면 코즈웨이베이역에서 안내 지시를 보고 따라나가면 된다. 가는 길에 24시간 영업하는 홍콩 최대의 '웰컴'이 있다. 모든 종류의 과일이 구비되어 있는데, 나는 반드시 들어가 두리안을 사고 공원 벤치로 간다.

아무튼 홍콩 여기저기의 크고 작은 공원은 매력적인 홍콩을 구성하는 중요한 요소이다. 공원이라는 공간이 도시인들에게 얼마나 중요한 역할을 하는지를 여실히 보여주고 있다.

모든 신의 미팅 포인트

문무묘

文武廟

홍콩인의 대다수는 혈통적인 측면은 물론 문화적으로도 중국인이라고 할 수 있다.

그렇다면 '홍콩인'이 '중국인'이라는 문화적인 증거는 무엇일까? 여러 가지가 있겠지만 나는 그것을 홍콩의 전통 사원에서 본다. 즉 종교를 보면 홍콩인은 중국인이 분명하다. 홍콩인 대다수가 불교와 도교 신자이기 때문이다.

홍콩 사이드의 골동품 거리로 유명한 '할리우드 로드荷李活道'로 가면, 홍콩의 대표적인 전통 사찰인 '문무묘'가 있다.

'문무묘文武廟'는 글자 그대로 '문신文神'과 '무신武神' 즉 '문창제文昌帝'와 '관성제關聖帝'를 모시는 사원이다. '문제'는 붓을 잡고 있고, '무제'는 큰 칼을 쥐고 있는 것으로 보아 그 신들의 전공 분야를 알 수 있다. '문제'는 시험, 학문, 승진 등을 관장하는 신이고, '무제'는 정의, 재물, 관운 등을 책임지는 신이다.

'문제'는 원래 '문창성文昌星'이라는 문운과 공명 그리고 관록을 주관하는 별자리다. '무제'는 이 세상에서 싸움을 제일 잘하는 전쟁의 신 '관우關羽'를 말한다.

그러니까 시험을 앞둔 수험생이나 학부모들이 매달리는 신이 '문제'이고, 전쟁 같은 사회생활 특히 사업을 하는 사람들은 '무제'에게 도움을 청해야 한다. 알다시피 관우의 조소상이나 조각상은 이미 사업하는 사람들의 방이나 회사 로비에 모셔져 있기에 반드시 '문무묘'까지 와서 인사를 드릴 필요는 없다.

'문무묘'에 사람들로 발 디딜 틈이 없다면, 한국의 수능 같은 홍콩의 대학 입시철이 가까워졌다는 뜻이다.(이 무섭고 치열한 경쟁은 언제쯤 끝날까.) 할리우드 로드에 있는 '문무묘'는 역사와 전통으로 볼 때, 영험하다고 소문이 나서 특히 인기가 많다.

'문무묘'의 가운데 정전에는 '문제'와 '무제'를 모셔놓았다. 왼쪽 전각에는 우리에게도 이름이 익은 마을과 도시를 수호하는 신인 '성황城隍'이, 오른쪽 전각에는 정의의 화신 포청천包青天, 즉 '포공包公'이 있다.

토지신인 '성황'과 상업신인 '관제'는 중국의 민간 종교를 구성하는 양대 산맥이다. 동종(1847년)이나 돌기둥(1850년)에 새겨진 연대로 보아서 '문무묘'는 홍콩에서는 최고의 역사를 자랑하는 도교 사원이다.

골동품 거리로 유명한 '할리우드 로드' 끝자락에 위치한 '문무묘'에 접근하면 향불의 연기가 그 보물 같은 건물을 삼키려는 듯이 하늘로 치솟고 있는 것을 볼 수 있다. 한국에서는 잘 볼 수 없는 장면이기에 중국 사원을 처음 방문하는 한국인이라면 불이 났다고 생각할 수도 있다.

중국인들의 사원에 가면 그들이 사용하는 향의 크기가 한국인의 상상을 초월한다. 중국인들은 그 향의 연기가 기원하는 사람들의 마음을 하늘로 데리고 올라가서 신들에게 전달한다고 생각한다. 향의 연기는 많을수록 또 짙을수록 좋은 것이다.

중국 사원의 또 다른 특징은 모든 신들을 모셨다고 해도 과언이 아닐 정도로 다양한 신들이 모셔져 있다는 점이다. 대다수 사원에는 아시아에서 언급되는 유교, 불교, 도교의 신들이 한 공간에 있다. 어떤 학자들은 중국에는 종교가 없다고 한다. 서양의 종교가 매우 분명한 정체성을 나타내고 또 요구한다면, 중국의 종교는 더할 나위 없이 느슨한 하나의 문화 현상이라는 것이다.

종교가 그 나라 문화의 중요한 일면이라고 한다면, 홍콩의 종교 역시 우선 중국적인 특징을 보여준다. 어느 하나가 정답이고 다른 것은 오답이라는 이분법이 아니라, 이것도 정답이 될 수 있고 저것도 정답이 될 수 있는 유연함이 있다. 중국 전통문화의 유연함이 서구적 합리성과 연결되어 답답하지 않은 홍콩 문화를 창조한 것 같다.

실제로 중국이나 대만의 사원에 가보면, 바다의 안녕을 다스리는 마조媽祖부터 불교의 관세음보살, 도교의 중요한 신인 관우, 유교의 교주 공자孔子, 충신 악비岳飛가 함께 있다. 또한 대대로 돈을 잘 번 투자의 귀재 등을 재물 신으로 모시고 있고, 심지어 토지 신에 용왕 신까지 한자리에 모인 것을 볼 수 있다.

푸코는 고전주의 시대를 '대감금'의 시대로 규정했는데, 그 말은 중국 전통사원에서는 적용될 수 없을 듯하다. 오히려 '대해방'의 공간이 된다. 그런 점에서 홍콩의 사원은 홍콩의 문화적 뿌리가 중국에 닿아 있음을 증명해주고 있다.

나는 초고층 빌딩의 숲 속에서 중국 전통 가옥 형태로 보존되고 있는 '문무묘'를 보면서, 이것이 홍콩의 매력이구나 한다.

땅값이 매우 비싼 도심 한복판 초고층 서양식 빌딩숲 속에서, '문무묘'는 중국식 전통 가옥 형태로 당당하게 '그래 덤빌 테면 덤벼보아라' 하는 자세로 꿋꿋하게 자리 잡고 있다. 도심 속에 존재하는 '문무묘'의 이미지만으로도, 홍콩이 '동서양의 문화가 만나고 조화롭게 공존하는' 공간이라는 수식어가 붙는 이유를 알 것 같다. 그것이 홍콩이 홍콩답게 유지되는 이유일 것이다.

초고층 빌딩숲 속에 당당하게 자리 잡고 있는 문무묘

할리우드 로드의 골동품 가게

그래서 그림으로 본다면 홍콩 도심에 숨어 있는 '문무묘'나 '홍성고묘洪聖古廟'—문창제, 포청천 등을 모신 사당인데 전설적 의사인 '화타華佗'의 신위까지 모셔져 있다—같은 중국식 사원들이 빡빡한 그림의 홍콩에서 한숨 돌릴 수 있는 역할을 담당하고 있다고 하겠다. 더불어 골동품 거리 할리우드 로드가 시 외곽으로 내쳐지지 않고 도심 한복판에서 중요한 이미지로 남아 있다.

이런 엇박자의 흐름, 그것이 홍콩의 비상구이자 매력의 하나라고 생각한다. 그 삭막한 빌딩숲 속에서도 그나마 중국적인 스타일이 보호되고, 서구식 근대화가 맹렬하게 진행되면서도 중국식 전통이 완전하게 부정되지 않은 홍콩! 이것이 홍콩만의 다양성과 독창성이 태어날 수 있는 바탕일 것이다.

한편으로는 영국의 통치 방식을 긍정적으로 보는 이유이기도 한데, 식민당국이 중국적 정체성을 보호해주었기에 다른 도시와는 다른 홍콩만의 매력을 만들어낼 수 있었다.

할리우드 로드를 걸으면서 골동품 가게에 진열된 고대 유물과 아기자기한 예술품을 보고 홍콩인들의 취향을 살펴보는 것도 재미나다. 그 종류의 다양함에 놀라면서 홍콩인들의 눈에 좋게 보이는 골동품은 나도 가지고 싶은 예술품이구나 하는 공감을 하게 된다. 더불어 중국 문화의 깊이와 넓이에 대해 다시 인식하는 계기가 될 것이다. 홍콩인들의 집에 가보면 가격을 떠나 골동품 한두 가지를 전시해두고 손님들에게 자랑한다.

그런 문화가 과거와 현재를 연결지어 생각하면서 살아가는 여유가 아닐까 싶어서 부럽다. 홍콩이라는 단어 앞에 '동서고금이 회통하는 곳'이라는 수식어도 붙는데, 골동품은 동서와 고금을 이어주는 통로일 것이다. 홍콩인들은 골동품을 통해서 옛것을 새롭게 해석하고, 홍콩만의 독창적인 디자인을 만들어낸다.

'문무묘'가 이렇게 아름답게 보존될 수 있었던 이유는 이런 '홍콩'적인 특징 때문이 아니었을까 생각한다. 또한 결정적인 이유가 한 가지 더 있는데, '문무묘'는 '동화삼원東華三院'이라는 홍콩 최대의 자선 기구가 소유하고 있다. 동화삼원은 1870년 중국인 부호들과 시민들의 헌금 그리고 정부의 도움으로 출범하였다. 현재 산하에 12개의 사원을 소유하고 있다. 전통 종교에 대한 시민들의 요구를 만족시켜주면서 얻은 수익으로 다양한 자선활동을 펼치고 있는데, 홍콩인들이 매우 자랑스러워하는 사회조직이다.

나는 문무묘는 '동서고금이 만나는' 홍콩이라는 정체성을 상징하는 중요한 기호라고 생각한다. 어떻게 보면 '중체서용中體西用'의 구현이기도 한데, 서양적인 근대인 '쓰임'이 지배적인 홍콩에서 중국적인 '중심'을 보여주고 있기 때문이다.

아름다운 쇼핑의 본보기

퍼시픽 플레이스

太古廣場

홍콩에서 한 걸음 한 걸음 산책을 하다 보면, 자연스럽게 들어서게 되는 곳이 쇼핑센터이다.

그것은 소비자의 요구에 응하기 위한 것이라기보다는 '도시' 홍콩의 공격적인 특징이다. 홍콩에는 쇼핑센터가 매우 많다. 도시 면적과 도로 면적이 좁아 공간 효율성을 극대화하다 보니 건물들이 거의 연결되어 있는데, 대부분의 쇼핑센터는 지하철에서부터 자동으로 연결된다. 지하철에서 내려 아무 생각 없이 따라 걷다가 진동하는 향수 냄새에 정신을 번쩍 차려보면, 어느새 백화점 로비에 서 있는 나를 발견한다. 홍콩은 나도 모르게 쇼핑 공간으로 연결되는 '쇼핑 도시'인 것이다.

홍콩식 첨단 자본주의의 결과일 것이고, 또 도시 홍콩이라는 특수성이 만들어 낸 결과이겠다. 그래서 벤야민은 19세기 파리라는 대도시의 비인간적 성격을 비판했나 보다.

그는 백화점이 사람들이 정처 없이 어슬렁거리는 것조차 상품 판매에 이용한다고 했다.

문제는 내가 희망하지 않더라도 자꾸 쇼핑 공간에 들어서게 된다는 점이다. 화려한 공간에 전시되어 있는 좋은 제품을 보면 내 소유로 만들고 싶은 마음이 드는 것이 자연스러운 일이리라.

하지만 좋은 구경도 한두 번이지, 하루에 몇 번씩 쇼핑 공간을 지나게 되면 나는 또 다른 나를 소환하게 된다. 그것을 소유하지 못한 나는 상대적으로 더욱 초라하게 되고, 꼭 필요하지는 않는데 그냥 사야만 할 것 같은 욕구가 나도 모르게 솟구치게 되는 구조라고나 할까.

홍콩은 시종일관 당신을 소비하게 한다. 홍콩에서는 소비하는 자가 대우받는다. 안 그래도 빈부격차가 세계 최대라는 홍콩에서 상대적인 빈곤감은 더욱 크게 다가올 수밖에 없다.

게다가 세일의 힘은 또 어떤가?

한국에서는 쳐다보지도 못할 가격의 물건이 홍콩에서는 눈에 들어오기 시작한다. 안 그래도 관세가 없는 지역이라 저렴한데, 1년에 두 번씩 하는 정기 세일은 정말 착실하다. 원래 가격의 90%까지 세일하는 그 '착한' 마음과 정품을 세일하는 그 정직함에 감동하게 된다. 좋은 제품 싸게 파는 곳이 어디 그렇게 흔한가?

홍콩은 무관세 지역으로서 전 세계에서 생산되는 상품을 저렴하게 구입할 수 있다. 홍콩정부는 관세를 일찌감치 포기함으로써, 가격의 우위를 차지하는 동시에 거래의 활성화를 도모할 수 있었다. 또한 무역 도시로서 지리적 이점이 있다. 영국이 일찌감치 홍콩에 주목한 이유도 지리적 위치 때문이었다. 지도를 보면 중국과 동남아 그리고 한반도와 일본까지 자연스럽게 연결되고 태평양으로 바로 진입할 수 있는 교통의 장점이 한눈에 보인다.

게다가 홍콩에서 생산되는 자원은 없다시피 하니까, 지리적 우세를 최대한 살리는 중계무역만이 살길이라 여기고, 수출입에 관세와 부가세를 부과하지 않는 정책을 추진한 것이다. 무관세 정책이야말로 오늘날의 홍콩을 탄생시킨 주역이라고 해도 과언이 아니다.(술, 담배, 메틸알코올, 생물 연료(바이오 디젤) 네 가지는 관세를 내야 하지만.)

1980년대 후반 내가 처음으로 홍콩에 도착했을 때, 여기 저기 눈에 띄는 다양성에 흠뻑 빠진 적이 있다. 연필이나 볼펜을 구입하고자 문구점에 들어서면, 거의 전 세계에서 생산되는 연필과 볼펜을 만날 수 있었다. 예쁘고 정교한 일본산, 투박하고 튼튼한 유럽산과 미국산, 어딘지 모르게 좀 촌스런 디자인이 귀엽게 다가오는 중국산까지 한꺼번에 볼 수 있었으니 말이다.

지금 생각해보더라도 태어나서부터 대학을 졸업할 때

까지 한국산만 강요받아 온 한국인의 눈에 홍콩은 놀라웠다. 다양한 상품을 처음 보았을 때의 기쁨과 놀람은 아직까지도 생생하다. 생수 한 병이나 비스킷 하나를 살 때도 매우 다양한 브랜드 앞에서 놀라고 있는 자신을 발견하는 경우가 많았다. 사람에게 이렇게 많은 선택의 기회를 주는구나. 이렇게 많은 종류 중에서 내가 직접 고를 수 있구나 하는 생각이 오히려 어색하게 다가왔다.

그리고 곧 알게 되었다. 충분한 선택권을 보장받았다는 사실이 얼마나 벅찬 일인지를. 문구점이나 백화점이나 시계상점에 한번 들어가면 구경하느라 쉽게 나오지 못했다. 친구들끼리 서로 촌놈이라고 키득키득 놀려댔다.

그때 우리 눈에는 홍콩의 모든 것이 신기했다. 요즘 홍콩의 쇼핑 풍속도가 조금, 아니 많이 달라지고 있다. 우선 명품을 쇼핑할 때는 줄을 서야 한다. 쇼핑에도 서열과 차례가 있는데, 돈 많은 중국인이 먼저 입장한 후에 외국인이나 홍콩인 등에게 순서가 돌아온다. 이러한 쇼핑 분위기는 '요우커遊客'라는 중국인 관광객이 주도하고 있다. 한때 홍콩인들이 명품점 앞으로 몰려가서 자신들을 역차별하지 말라는 항의 시위를 한 적도 여러 번이다. 쇼핑객은 쇼핑하는 액수에 따라 대우 받고, 알고 보면 선택은 돈이 있는 자에게 보장되는 것이라는 걸 보여준다.

또 한 가지 고려해야 할 것은 홍콩에서 쇼핑할 때 중국어를 사용할 것인가, 영어를 사용할 것인가이다. 코로나 사태 이전 밀물처럼 몰려오는 중국 관광객의 수와 오만한 쇼핑 태도는 홍콩인들을 불편하게 했다. 특히 중국 졸부들의 돈 자랑으로 홍콩인들의 자존심에 상처를 받는 일이 자주 발생했다. 명품점이나 고급 호텔에서 사용하는 중국어는 대접받지만, 재래시장에서 사용하는 중국어는 천둥이 취급을 받는다.

심지어 상인들로부터 적대적인 또는 멸시적인 취급을 받을 수도 있었다. 한국에서 중국인 관광객을 대하는 이중적인 잣대를 생각해보면 이해가 빠르다. 명동의 백화점에서 중국인 관광객은 대접을 받기도 한다. 하지만 한국인들 마음 다른 곳에서는 졸부들의 쇼핑이라고 그들을 폄하하기도 한다. 나는 제주도에서 버스 기사가 중국인 관광객을 매우 무례하고 불친절하게 대하는 장면을 본 적이 있다. 몰려오는 중국인들을 반가워하면서도 그들을 천시하는 분위기가 공존하는 그 무엇 말이다.

일반적으로 우리는 이중적인 잣대를 가지고 살아간다. 사실 누구나 이중적이거나 다중적인 잣대를 지니고 있는데, 자신은 한 가지 원칙을 고수하고 있다고 착각하기도 한다. 가령 일본을 미워하면서도 일본 제품은 좋아하는 성향 같은 것 말이다. 중국 현대를 대표하는 사상가 노신魯迅도 서구식 근대화에 탐탁지 않은 시선을 유지하면서도, 가

퍼시픽 플레이스

족들과 상하이 시내로 영화를 보러 다녔다. 홍콩에서 중국인 쇼핑객을 바라보는 시각도 이와 마찬가지다.

중국에서 온 쇼핑객들과 홍콩인들이 첨예하게 대립한 적도 있다. 곳곳에서 살벌한 풍경을 연출하기도 했다. 중국인들의 싹쓸이 쇼핑으로 홍콩인들이 생필품을 구입하지 못해 일상생활이 위협받았기 때문이다.

홍콩인 친구는 밤에만 마트에 간다고 했다. 중국에서 온 쇼핑객과 보따리장수들 때문에 줄을 길게 서야 하기 때문이다. 인해전술의 중국인들은 분유나 화장품 등을 싹쓸이해버린다. 홍콩의 아기들에게 당장 필요한 분유 같은 생필품이 판매대에서 아예 안 보일 때도 많았다. 홍콩인들이 얼마나 불편했겠는가?

세계 곳곳, 유럽을 포함해서 제주도까지 '오버투어리즘' 문제로 골머리를 앓고 있다. 몰려드는 관광객으로 세계 유명 관광지는 물론 서울 북촌의 거주민들 사이에도 각자의 이해 때문에 갈등이 심하다. 사람들은 자신의 이해를 기준으로 세상을 바라본다. 관광객이 와야 먹고살 수 있는 사람들이 있는 반면에, 평소와 다름없이 조용하게 살고자 하는 거주민들이 있다. 즐기고 싶은 관광객의 욕망까지, 각자의 상황이 다르다. 그래서 홍콩의 '주객전도 쇼핑' 현상도 앞으로 꾸준하게 쟁점이 될 것이다.

그렇다고 해서 홍콩에서 쇼핑을 안 하기는 섭섭하니, 쇼핑몰 몇 군데를 소개해 보고자 한다.

침사추이 '하버시티海港城'는 규모 면에서 세계 최대라고 한다. 침사추이에서 사람들(사실 중국인 관광객)이 흘러가는 대로 따라가다 보면, 자연스럽게 '하버시티'나 '오션터미널海運大廈'로 들어서게 된다. 침사추이는 지역 전체가 쇼핑센터라고 해도 과언이 아닌데, 모든 명품 브랜드가 총출동하여 열띤 경쟁을 펼치고 있는 경기장 같다. 쇼핑하면서 길을 잃어버리는 신기한 경험을 '하버시티'에서 해볼 수 있다. 인파에 묻혀서 왔다 갔다 하다 보면 그저 한시바삐 탈출하고 싶은데, 그때부터 미로에서 탈출구 찾기를 해야 한다.

이럴 때면 새삼 홍콩이라는 공간의 특징을 느낀다. 동서양을 관통하는 마지막 학자로 평가받는 전종서錢鍾書는 중국 현대 최고의 장편소설인 『포위된 성圍城』의 서문에서, "성 안에 살고 있는 사람은 성 밖으로 나가고 싶어 하고, 성 밖에 살고 있는 사람은 성 안으로 들어오고 싶어 한다"는 말을 했다. 이 말처럼 홍콩에 살면 그 번잡함에 밖으로 나가고 싶어 하지만, 홍콩 밖으로 나오면 다시 홍콩이 새록새록 그리워진다.

하버시티처럼 큰 쇼핑몰도 좋지만 홍콩 냄새가 풀풀 나는 거리를 걷고 싶다면 '몽콕旺角'으로 가야 한다. 몽콕에 가면 홍콩이 왜 세계 최고의 인구밀도라는 악명으로 유명한지 알 수 있다. 글자 그대로 밀물처럼 다가오고, 썰물처럼 사라진다. 그럼에도 사람들과 사람들의 질서가 잘 유지되는 것도 신기하다. 유동인구가 많은 곳에서는 무슨 장사를 해야 하는지도, 한국의 화장품이나 의류 회사가 왜 반드시 이곳에서 론칭 행사를 하는지도 알 수 있다. 또 홍콩의 서민들이 왜 이 동네를 좋아하는지를 알게 된다.

사실 '삼수이포深水埗' 지역과 연결된 몽콕은 홍콩의 빈민가로 통하는데, 낡고 오래된 건물들이 즐비하다. 임대료가 가장 싼 최악의 거주 공간, 즉 시신이 들어가는 관처럼 생긴 방 또는 새장처럼 철조망으로 만든 방 등 홍콩식 첨단 자본주의의 부끄러운 일면을 보여주는 곳이다.

최근 이 지역의 성격을 보여주는 사건이 발생한 적이 있다. 2016년 2월 설날의 '어묵 시위'가 그것이다. 홍콩역사에서 매우 상징적인 시위이기에 '어묵 운동'이라고도 부른다. 시위대와 경찰을 포함한 1백 명이 부상을 당했고, 시민 63명이 체포된 대규모의 폭력 시위였다. 어묵은 한국이나 홍콩이나 서민들이 좋아하는 먹거리이고, 몽콕 지역이 서민들의 거리이기에 평소 어묵 노점상이 많았다. 그런데 당국이 설날 밤에 예년과 달리 무허가 어묵 노점상을 강하게 단속했고, 노점상들과 시민들이 함께 반발했던 것이다.

2014년에 일어난 그 유명한 '우산 민주화 운동' 당시 시민들은 홍콩섬의 '센트럴中環'과 구룡 반도의 '몽콕旺角' 간

旺角
Mong Kok

몽콕 지하철역

한국 화장품 할인점 홍보 간판

선도로를 점령했다. 그런데 당국이 시위 지도자들의 보석 조건으로 몽콕 지역에 대한 출입금지를 지시한 것만 보아도 이 지역의 성격을 알 수 있다. 그만큼 몽콕은 홍콩 사람들에게는 정신적인 고향 같은 곳이다.

조금 더 여유 있는 쇼핑을 즐기고 싶다면, '애드미럴티金鐘'의 '퍼시픽 플레이스太古廣場'를 추천한다. 각종 사무실, 4개의 고급 호텔, 복합 영화관 등으로 구성되어 있다. 1985년에 오픈했다. 그곳에서의 쇼핑은 마치 아름다운 공원을 산책하는 기분이다. 벌써 40여 년 전에 이런 쇼핑센터를 지을 수 있었다는 점이 세계 쇼핑문화를 주도한다는 홍콩의 저력이 아닐까?

지금까지도 전 세계를 통틀어 이렇게 쾌적한 쇼핑센터를 찾기 어렵다는 점에서, 홍콩의 '퍼시픽 플레이스'는 쇼핑센터의 모범이라는 생각이 든다. 파는 사람과 사는 사람을 최대한 배려한 공간 배치와 편안한 동선은 홍콩이 왜 쇼핑의 천국인지 알게 해준다.

고객을 왕으로 대우한다는 서비스정신의 구현은 어디에서 시작되어야 할까? 나는 고객들을 위한 넉넉한 공간이라고 생각하는데, '퍼시픽 플레이스'의 넓은 복도를 보면 그 답이 보인다. '퍼시픽 플레이스'는 주위의 사무 빌딩들과 자연스러운 연결이 돋보이고 특히 아름다운 쉼터인 '홍콩공원'과 에스컬레이트로 편하게 연결되어 있다. '퍼시픽 플레이스' 지하에 큰 마트가 있는데, 간단하게 장 봐서 '홍콩공원'으로 소풍 가는 것을 추천한다.

좀 새롭고 특이한 쇼핑 공간을 보고 싶다면? 'PMQ元創方'로 가야 한다. '독창적인 문화 예술 공간'이라는 부제가 붙는 'PMQ'는 쇼핑센터라기보다는 그냥 아기자기한 작품이 전시된 전시 공간으로 보인다. 센트럴 '소호蘇豪'거리에 위치하고 있는데, 홍콩의 디자이너를 양성하기 위한 그리고 창조적인 기업인을 위한 공간이다. 현재 1백 명이 넘는 창업자들이 정부의 지원을 받고 있다. 자신의 작품을 자랑하면서 판매하는 공간인데, 홍보 팸플릿에는 '역사문화유산, 쇼핑, 음식, 창조성을 전시하는 무대' 등으로 소개되고 있다.

2014년에 개장했다. 미래 홍콩 디자인의 방향이나 수준을 가늠해 볼 수 있는 매우 중요한 쇼핑 공간이기에 내가 친구들에게 꼭 추천하는 곳이다.

건물도 주의 깊게 보는 것이 좋다. 군더더기 하나 없는 건물 외부와 내부가 내 마음에 쏙 든다. 계단에 그려둔 홍콩 이미지의 그림들도 예쁘다. 계단 옆의 동그란 창문 밖으로는 홍콩의 초고층 아파트가 보인다. 바라보고 있으면 창문이 '성聖'과 '속俗'의 경계인 양 다가온다.

1889년에 원래 학교용도로 건설되었고, 2차 세계대전 기간 동안 많이 파괴된 것을 1951년에 리모델링하여 기혼

PMQ 입구

성聖과 속俗의 경계

PMQ 내부

경찰관들의 숙소로 제공했다가, 2010년 당시 시민 사회의 응원 덕분에 보호단위로 지정되었다. '동심同心교육 문화 자선 기금회'와 '홍콩이공대학', '홍콩 디자인 센터', '직업훈련국' 산하의 '홍콩 지식 재산권 디자인 대학'이 공동으로 참가하여 'PMQ元創方'를 출범시켰다.

오래된 건물을 철거하지 않고 리모델링한 것만 해도 존경할 만한 데다, 다시 문화 창의 산업을 선도하는 공간으로 거듭난 모델로 주목받고 있다. '주홍콩한국문화원'이 2018년 1월에 'PMQ'에 오픈해서 우리 한국인에게는 의미가 더욱 큰 공간이 되었다.

쇼핑몰을 살펴봤다면 홍콩의 재래시장 한 곳 정도 가보는 것도 좋겠다. 홍콩의 대표적인 큰 시장으로는 노스포인트北角의 '춘앙가春秧街'와 소기만筲箕灣의 '동대가東大街', 코즈웨이베이銅鑼灣의 '백덕신가百德新街'를 들 수 있다. 물론 전문시장도 있는데, 센트럴中環의 '린드허스트 테라스擺花街'는 축제용이나 파티용품을 전문적으로 취급하고, 상환上環의 '해미가海味街'는 녹용인삼 등의 약재와 건어물로 유명하다.

꽃 시장인 '플라워 마켓 로드旺角花墟', 금붕어 시장인 '금어가金魚街', 여자들이 원하는 것은 무엇이나 있다는 '여인가女人街', 세계적으로 유명한 야시장인 '템플 스트리트廟街'도 있다.

어디서나 마찬가지로 재래시장은 현지인의 생활상을

보여준다. 나는 여행하면서 재래시장을 반드시 찾아가 보는 편인데, 그곳에서 현지인의 생생한 삶을 엿볼 수 있기 때문이다.

그런데 세계 모든 곳의 재래시장이 이런저런 이유로 점점 줄어들고 있다. 홍콩도 마찬가지다. 홍콩의 재래시장은 1950년대부터 위생문제를 이유로 폐쇄되기 시작했다. 실내 시장으로 바뀌고 있는 추세라고 한다. 안타까운 일이다.

끝으로 재래시장도 있고, 쇼핑센터도 있고, 바다도 보이고, 카페도 있고, 맛집도 있는 곳을 원한다면, '스탠리 마켓赤柱市集'으로 가야 한다.

'스탠리赤柱'는 홍콩에서 가장 경비가 삼엄한 감옥이 있는 곳이다. 홍콩이 태평양전쟁 시기 '3년 8개월' 동안 일본의 지배를 받은 적이 있다. 스탠리 감옥에 영국을 비롯한 연합군의 포로들이 수용되기도 했다. 지금은 장기수 위주로 1천 5백여 명이 수용되어 있다. 스탠리 감옥은 그곳의 아름다운 경치와 아이러니한 대비를 이루고 있다. 아름다운 곳은 죄수들이 도망가기에는 험한 지형일 가능성이 크다. 또 아름다운 경치는 인성을 순화시키는 데 도움을 줄 수 있다는 점에서 이해할 만하다.

스탠리 해변에는 150여 개의 가게와 카페가 예쁘게 줄지어 있다. 특히 볼 만한 곳은 1884년 영국군 숙소 용도로 시내 요지인 센트럴에 건축된 '머레이 하우스美利樓'이다. 홍콩에서 가장 오래된 서양식 건물로, 1991년에 센트럴에서 이곳으로 옮겨졌다. 스탠리에 가면 일부러라도 점심이나 저녁식사를 하고 오는 것이 좋다. 맛과 품질이 보장되는 '스탠리 차이니스 타이 식당赤柱中泰美食餐廳'이 있기 때문이다. 전형적인 홍콩의 차찬탱이다.

소유욕은 인간 본능 중의 중요한 일면일 것이다. 그런 측면에서 홍콩의 쇼핑센터들은 다양함과 저렴함을 갖추고 당당하게 손님을 기다리고 있다. 따라서 홍콩의 쇼핑센터가 우리는 고객을 왕으로 모신다고 외쳐도 거짓말은 아니다.

홍콩 건축역사의 자랑

홍콩상하이은행 본사

滙豐總行大廈

공익광고는 그 사회의 현재를 알 수 있는 중요한 기호라고 할 수 있다. 그 시점 그 사회가 반드시 필요한 내용이기 때문이다. 홍콩에서 가장 오랜 기간 동안 방영된 공익광고는 무엇일까?

바로 고층 건물에서 떨어지는 낙하물을 주의하라는 것이다. 수십 층의 고층에서 떨어지는 것은 작은 볼펜이라도 보행자에게는 치명적이기 때문이다. 지금도 잊을 만하면 고층에서 화분 등이 떨어져서 사상자가 발생했다는 뉴스가 나온다. 홍콩에서 길을 걸을 때면 자꾸 위를 신경 쓰게 된다.

앞에서도 말한 바와 같이 홍콩에 도착하면 가장 강하게 다가오는 이미지가 빌딩과 아파트가 매우 높다는 것이다. 처음으로 그 높은 빌딩숲을 마주했을 때 너무나 답답하고 암울한 느낌을 받았다.

홍콩은 거대한 아파트 숲이다. 그것도 간격 없이 초고층 아파트가 다닥다닥 붙어 있는 장면에는 그저 기가 질린다. 그런 아파트만 찍어서 홍콩의 열악한 생활공간을 고발하는 사진작가도 있다. 어느 프랑스 사회학자는 한국을 '아파트공화국'이라고 한 적이 있는데, 홍콩은 초고층 아파트의 집합체라고 불러도 과언이 아닐 것이다.

왜 그렇게 초고층 아파트를 그리고 빌딩을 좁은 땅에 집중 배치했을까? 홍콩은 '홍콩섬'을 비롯한 200개 정도의 섬과 '구룡반도九龍半島', '신계新界' 등으로 이루어져 있다. 중국-영국 간 아편전쟁에서 패배한 청나라 정부는 우선 홍콩섬을 영구적으로 할양했고, 그다음에는 구룡반도를 영구적으로 할양했고, 마지막으로 신계 지역을 '99년' 간 빌려주었다.

나는 홍콩 친구들에게 홍콩섬이나 구룡반도의 특정 지역에 초고층 아파트를 밀집시키는 이유를 자주 질문하곤 했다. 왜 홍콩섬 쪽에만 그렇게 많은 빌딩이 몰려 있느냐, 구룡반도나 신계 쪽에 넓은 땅이 있지 않느냐, 아파트 간격을 좀 더 넓게 하면 좋지 않겠느냐 등등의 질문을 퍼부어대어 친구들을 당황하게 만들었다.

이후 얻은 결론은 밀집과 초고층화는 정부와 재벌의 합작품이란 것이다. 우선 정부 청사부터 신계 쪽으로 이사를 하면 지역 균형 발전이 이루어질 것이다. 하지만 정부는 세계 금융 중심으로서 효율성을 극대화한다는 이유로, 그저 홍콩 섬의 도심을 집중 개발하는 정책을 고수한 것이다.

서울시의 신청사를 생각해보면 그 상황이 조금 이해가 된다. 환경이나 도시의 균형발전을 생각한다면 당연히 시 외곽에 지어야 한다.

하지만 한쪽에서는(공무원 포함) 업무의 효율이나 시민의 접근 편리를 이유로 도심 청사를 고집한다. 그것이 바로 초호화 빌딩들이 도심에 자리 잡고 있고, 거대한 정부 청사가 가장 비싼 땅인 도심에 자리 잡고 있는 까닭이다. 홍콩의 청사 역시 다르지 않은데, 도심 '애드미럴티金鐘'에 괴물처럼 서 있는 엄청난 규모의 홍콩 정부청사를 보면서 요지부동의 정부 고집을 느낀다.

홍콩의 아파트들과 빌딩들이 다닥다닥 붙어 있는 이유는 정부의 고지가 정책 때문이다. 여기에서 조금 설명이 필요하다. 홍콩은 처음부터 자유무역항으로 설계되었기에 정부는 무역에 관세를 부과하지 않았다. 하지만 건설에는 막대한 자금이 필요한 법이다. 홍콩에 뚜렷한 자연 자원이 있는 것도 아니고, 또 영국정부로부터 자금 지원도 쉽지 않았다. 이용할 만한 것은 토지밖에 없었다. 문제는 영국이 식민지 경영을 시작하면서, 홍콩의 모든 토지를 영구적으로 영국 왕실 소유로 등록해 놓았다는 것이다. 그래서

홍콩상하이은행 본사

홍콩의 토지는 사고 파는 개념이 아니라 그것의 사용권만을 경매방식으로 거래한다.

토지 공급자로서 정부가 자신의 이익을 위한 최선의 방법은 땅을 천천히 파는 것이다. 조금씩 팔아서 가격을 최대한 끌어 올려야 한다. 이것이 고지가 정책이다. 따라서 지나치게 높은 땅값 때문에 소수 재벌만이 시장에 참여할 수 있게 되었고, 결과적으로 정부와 재벌의 공동 이익 구조를 만들었다.

고지가 정책에 따른 이익을 따지다 보니 홍콩섬이나 구룡 반도에 초고층 빌딩과 아파트가 밀집되었다. 건설회사는 돈을 많이 벌어 좋고, 정부는 세금을 많이 걷어서 좋으니까, 건물들은 자꾸 높게 올라갔다. 기업과 정부의 전형적인 결탁 케이스로 많이 연구되고 있다. 피난지라는 특징의 홍콩에서 성장하지 못한 시민 역량이 정부와 기업을 견제하지 못한 경우이다.

일찍이 중국에서 장기간에 걸친 전쟁, 국공내전, 중일전쟁이 벌어지면서, 전쟁을 피하여 탈출한 수백만의 인구가 홍콩으로 물밀 듯이 들어왔다. 홍콩정부의 최대 관심사는 단연코 주택 문제 해결에 있었고, 좁은 땅을 최대한 활용하는 정책적 지원이 뒤따른 결과, 오늘날 건물과 건물이 붙어 있는 것으로 보이는 상황까지 온 것이다.

이 영향은 학교 건물까지도 미쳤다. 좁은 콘크리트 운

동장에서 운동을 하고 있는 학생들을 바라보는 마음이 그리 편안하지는 않다. 도심의 학교가 좁은 것은 어느 정도 이해가 되지만, 넓은 신계 쪽의 학교들도 그런 형태를 유지하고 있어 안타깝다. 학교의 운동장만큼은 흙으로 된 땅이 좋지 않을까?

한편 건축 전문가들은 홍콩 도시 전체가 건축사 박물관이라고 한다. 1백년 된 전당포가 여전히 영업하고 있는 아케이드식 건물과 영국 식민지 시대의 건축물, 최신 초고층 빌딩이 혼재되어 있기 때문이다. 최신 초고층 빌딩들의 스타일과 설계 방식을 보면 하나하나가 예사롭지 않다.

세계 최고 수준의 설계사들이 지은 작품들이 즐비하기에, 그쪽으로 관심 있는 분들이 견학하기 좋은 곳이라고 한다. 건축에 대해서 잘 모르더라도 도심을 산책하면서 특징이 뚜렷한 건물들을 하나하나 감상해도 좋을 것 같다.

건물을 보면 그 조직이나 사회의 철학은 물론 지향점까지도 알 수 있다. 한국의 경찰서나 세무서 건물을 보더라도 곡선이 아닌 직선으로 반듯반듯하게 디자인된 곳이 많은데 추상같은 기상을 강조하기 위함이다.

특히 홍콩에서는 건물과 건물 사이를 연결하고 있는 통로가 잘되어 있는데, 보행자 위주의 설계가 돋보인다. 센트럴과 상환을 잇는 고가도로 방식의 보행자도로는 편리하면서도 멋진 풍광을 자랑하기에 꼭 한번은 걸어보기를 권한다.

교통이 가장 좋은 센트럴의 바닷가를 점유하고 있는 우람한 해방군 본부 건물을 올려다보면 중국의 힘이 느껴지는 것 같다. 원래는 영국군 사령부 건물인데, 주권 반환이후 중국 인민해방군의 사령부가 되었다. '너희 홍콩이 까불면 우리가 바로 국가의 힘을 보여주겠다'고 하는 것처럼 위엄 있게 보인다. 설계자의 의도대로 말이다.

허리가 잘룩하고 반듯하게 생긴 이 건물을 쳐다보면 점령군으로서 인민해방군의 위상이 느껴진다. 이 본부 건물은 홍콩의 실질적인 주인으로서 중국의 지배력을 보여주고 있다. 언젠가 그 옆을 지나가는데 한 노인이 그 건물을 가리키면서 "공산당이 왔어 공산당이"라고 했다. 홍콩인들 상당수가 주권 반환의 의미를 '중국공산당이 홍콩에 쳐들어온' 것으로 받아들이고 있는 점을 보여준다.

고층 빌딩이 숲처럼 우거진 중심가 주변에는, 여기저기에 앉아있는 대규모 인파를 만날 수 있다. 홍콩에서 일하고 있는 필리핀 출신의 가정부들이다. 현재 필리핀과 인도네시아 등지로부터 온 수십만 명의 가정부들이 홍콩에서 일하고 있다. 홍콩 경제의 중요한 한 축을 담당하고 있는 그들은 일주일에 하루 쉬는 날 놀러 나온다. 주말 홍콩의 도심은 필리핀과 인도네시아가 임대한 해방구가 되기도 한다.

한편 '홍콩공원香港公園'의 '홍콩다구박물관香港茶具博物館'에서는 영국 식민지 시대의 건축물을 참관할 수 있다. 홍콩 주둔군 사령관 관저였던 이 건물의 방과 식당 구조를 보면, 식민지 시대 그들의 생활방식을 엿볼 수 있다. 전시, 판매되고 있는 각종 차와 아기자기한 다구 세트를 감상하는 것은 덤이다.

'구룡역九龍站'의 '서구룡 문화단지西九龍文化區'는 홍콩의 미래를 볼 수 있는 중요한 지역이기에 빠뜨려서는 안 될 곳이다. 세계 최대의 문화 예술 지역을 목표로 바다를 매립해서 짓고 있는 '구룡역'에서는, 21세기 아시아 문화를 선도하겠다는 홍콩의 자신감이 보인다. 홍콩의 미래가 이곳에 달려 있다고 해도 과언이 아닌 것이다.

'아시아의 문화 허브'라는 거대한 목표를 내걸고, 1998년부터 진행되고 있는 프로젝트(서구룡 예술 공원, 시각문화 박물관, 연예 종합 극장, 연극센터, 공원 등)는 2030년에 완공될 예정이다. 이미 세계 최고 수준의 7성급 호텔과 쇼핑센터가 운영되고 있다. 리츠칼튼호텔 101층의 '오존바Ozone Bar'는 반드시 가보아야 할 '세계 100대 카페'로 선정된 바 있다. 이곳에서의 쇼핑도 한가한 공원을 거니는 것처럼 쾌적하다. 특히 'Three Sixty' 마트는 규모나 상품의 종류 면에서 세계 최고가 아닐까? 옆에서는 지금도 공사가 착착 진행되고 있다. 홍콩에 왜 고궁박물관이 필요한가

서구룡 문화지구와 빅토리아항구

리모델링한 완자이 전당포 더폰

논쟁에 휩싸였던 '홍콩고궁문화박물관香港故宮文化博物馆'은 중국고궁 유물을 재해석하고 디지털화했다는 홍보로 수많은 중국 관광객을 유치하고 있다. 참관하고 있는 단체 관광객의 얼굴에 중국인이라는 자부심이 넘쳐흐른다. 'M+박물관M+博物館' 역시 문화예술적으로 홍콩이 시시각각 중국과 연결되어 있음을 각성시켜주는 장치이다.

또한 홍콩의 곳곳에서는 지금까지 1백년 이상을 꿋꿋하게 버티고 있는 아케이드 상가를 볼 수 있다. 나는 그중에서 제일 아름다운 건물은 '완자이灣仔'의 '화창전당포和昌大押'라고 생각한다. 지금도 건물의 외형은 완벽하게 유지되고 있는데, 영국식 술집과 식당으로 개조되어 영업을 하고 있다. 이름은 전당포라는 의미의 'The Pawn'이다.

아케이드(회랑) 상가는 쇼핑객이 더위나 비를 피하면서 쇼핑을 할 수 있는 복도식 상가이다. 근대식 쇼핑몰의 기원이라는 아케이드 건축물이 홍콩에도 많이 남아 있다. 19세기 말부터 유럽에 등장하여 이후 세계적으로 급속하게 퍼져나갔다. 특히 더운 지방에서 환영을 받아서 중국의 광저우廣州, 대만 타이베이台北 등의 대도시 그리고 홍콩에 많이 남아 있다.

쇼핑객의 편의를 고려하여 만든 아케이드 건물은 서양 건축사에서도 의미가 매우 크다고 한다. 그러니까 쇼핑객을 건물 안으로 끌어들였다는 점에서 획기적인 발상이다.

쇼핑이 도시인에게 하나의 취미생활로 자리 잡게 하는 데 큰 역할을 했다. 이탈리아 볼로냐가 아케이드로 유명한데, 구도심 전체가 아케이드로 연결되어 있어 날씨에 전혀 영향을 받지 않고 쇼핑도 산책도 조깅도 즐길 수 있다.

아케이드 상가는 '이상적 공산사회의 도시건축적 장치'라는 좋은 평가를 받기도 했다. 1930년대 파리의 아케이드에 주목한 벤야민은 복잡한 시선으로 그것을 바라보았다.

홍콩 도시 빈민층의 현재를 알고 싶다면, 홍콩에서 가장 가난한 동네인 '삼수이포深水埗'의 닭장 같은 집을 보아야 한다. 1954년 삼수이포 지역에 홍콩 최초로 공공아파트가 건설되었다. 이후 가장 열악한 주거환경의 대표가 되어서, 홍콩의 빈부격차 문제나 생활환경의 현실을 보여주는 기호가 되었다. 부두와 공장이 가깝고 또 도심의 인근이라 인구가 집중되었다.

그 결과 세계에서 인구 밀도가 가장 높기로 악명이 높은 홍콩에서도, 최고의 인구 밀도를 가진 곳이 되었다.

삼수이포의 아파트에서는 '당방劏房'과 '관재방棺材房'이라는 이름의 방을 세낼 수 있다. 주인이 더 많은 수입을 위해서 방 하나를 둘이나 셋으로 나누어서 세를 주는 형태가 '당방'이고, 그런 형태의 방에 이층침대나 삼층침대를 두고 다시 침대 하나씩 세를 놓는 형태(관처럼 생겼다고 해서)를 '관재방'이라고 부른다. 실로 홍콩 자본주의의 처참한 일면을 보여준다고 할 수 있다.

한편 이곳과 상반되는 빅토리아산 정상의 초호화 저택에서도 홍콩 사회의 일면을 볼 수 있다. 홍콩 건축의 역사를 보여줄 정도로 매우 다양한 고급 주택들이 있다. 홍콩에 처음 도착했을 때 이렇게 극명하게 갈린 도심의 분위기 때문에 홍콩에서는 그 사람이 사는 동네가 그 사람을 규정한다고 느꼈다. 어디 사느냐에 따라 그 사람이 부자인지 가난한 사람인지, 조용한 곳을 좋아하는지, 교통이 편리한 곳을 좋아하는지 그대로 알 수 있다.(물론 요즈음 한국도 그렇지만) 그 당시에는 사는 곳을 묻는 것만으로도, 그 사람의 여건이 파악이 된다는 점이 그렇게 좋아 보이지는 않았다.

한때 홍콩도 효율이나 경제 논리에 따라 수많은 역사적 건축물을 허물어버리고 그 자리에 초고층 빌딩을 세웠다. 하지만 최근에는 영국 식민 시대의 유적이나 흔적 보호에 시민들의 관심이 모아지고 있다. 1997년 주권 반환 이후 홍콩인들이 자신의 정체성에 대해 고민하고, 자신들의 추억이 되는 물건을 소중하게 생각한 결과다.

'프린지 클럽Fringe Club'이나 '센트럴 경찰서中區警察署' 그리고 완차이의 '블루하우스藍屋'와 센트럴의 쇼핑센터 'PMQ'의 보존과 활용을 보면서 이제 홍콩의 시민 기구들도 어느 정도 힘을 발휘하고 있구나 하는 생각을 하게 된다. 홍콩

홍콩정부청사

의 역사적인 건축물을 보존해야 한다는 그들의 요구에 정부가 성의를 보이고 있다.

영국 식민 시대의 센트럴 경찰서는 '대관大館'이라는 이름으로 리모델링 되었다. 경찰서와 감옥 등의 역사건축물이 완벽하게 보존되어 있고, 카페와 식당 그리고 상가로 재활용되고 있다. 하나의 거대한 건축물 공원이라는 생각이다. 관련하여 관심 있는 독자들에게 꼭 추천하고 싶다.

한국인들에게도 유명한 영화배우 장국영張國榮이 그리운 사람들은 그가 우리 곁을 떠난 고풍스런 '만다린 오리엔탈 호텔Mandarin Oriental Hotel'에서 '애프터눈 티下午茶'를 한잔하면서 추모하면 좋겠다. 한국 관광객들이 많이 가는 '리펄스베이淺水灣'에 건축학적으로 매우 유명한 아파트가 있는데, 건물이 안쪽으로 휘어져 있고, 중간층이 뻥 뚫린 채로 비어 있어 많은 분들이 재미있다고 한다. 아파트의 모든 공간에서 바다를 볼 수 있도록, 또 풍수를 고려해 그렇게 지었다고 한다. 풍수적으로 산의 용이 바다로 나가서 물을 마실 수 있도록 배려했다는 것이다. 하지만 홍콩에 태풍이 자주 오니까, 그것도 바닷가에 있는 아파트이니까, 바람을 통하게 하여 건물의 안전을 도모했다는 설명이 더욱 타당하지 않을까?

이 아파트는 전통과 현대의 조화를 노린 건물이라고 할 수 있는데, 용의 기운을 느끼면서 그 아파트 카페에서 차

한 잔 하는 것도 좋겠다.

아무튼 홍콩 도심의 건물들은 나름대로 세계 최고 설계사들의 작품이다. 그래서 매우 빽빽하게 들어선 건물들이 나름대로 홍콩다운 스카이라인을 만들어내고 조화롭게 어우러진다는 생각이 든다. 건축에 관심 있는 세계인들의 견학 또한 끊이지 않는 '건축 도시'인 것이다.

그럼 이제부터 일반적으로(아마도 위키피디아 홍콩 기준) 알려진 홍콩의 10대 건축물을 소개해볼까 한다.

홍콩의 10대 건축물

첫째. 중국은행 빌딩中銀大廈

70층이다. 설계는 중국계 미국인으로 세계적인 건축가인 레오 페이Leoh Ming Pei가 했다. 대나무를 형상화하여 진취적인 정신을 표현했다고 한다. 날카로운 느낌의 중국은행 빌딩은 그 쪼개진 대나무의 날이 근처에 있는 영국 총독부(지금의 예빈부)를 향하고 있다. 영국의 기를 누르겠다는 의지의 소산이라는 것이다.
풍수를 중시하는 홍콩인들이 만들어낸 화젯거리일 수도 있지만, 실제로 그렇게 느껴지기도 한다. 기단석 역시 만리장성, 즉 중국을 대표한다고 한다.

두 번째. 홍콩 컨벤션 센터香港會議展覽中心

바다를 매립한 곳에 세웠다. 거의 매일 엄청난 규모의 전람회가 열린다.
홍콩이 자랑하는 세계 최대 전람관 중의 하나라고 한다. 도심에 이런 규모의 전람관을 만들고 그것을 이용하여 세계 모든 업종의 전람회를 유치한다는 것이 홍

첵랍콕 홍콩국제공항

중국은행 빌딩

콩의 힘일 것이다. 매년 7월 중순 '홍콩도서전Hong Kong Book Fair'도 여기에서 열린다.
1997년 7월 1일, 중국의 강택민江澤民 주석과 영국의 찰스 황태자가 참석한 가운데 주권 반환식이 열린 곳이다.

세 번째. 홍콩국제공항

20세기 세계 10대 건축이라고 한다.
외관도 승객 동선 처리도 나무랄 곳이 없는데, 다만 체크인 전에 앉을 의자가 부족하다.

네 번째. 금자형 광장金紫荊廣場

중국으로의 주권 반환을 기념하여 인공 섬 위에 세웠다. 강택민江澤民 전 국가 주석이 쓴 글씨가 새겨진 20미터 높이의 홍콩반환기념비가 돋보인다.
특히 매일 아침 7시 50분에 열리는 국기 게양식과 저녁 6시의 하강식이 볼 만하다.

다섯 번째. 청마대교青馬大橋

주권이 반환된 1997년 5월에 개통된 세계 최장(2200m)의 현수교이다. 란타우 섬과 홍콩국제공항과 시내를 연결하는 간선도로 역할을 한다. 공항에서 공항철도를 이용해 시내로 들어올 때, 칭이青衣역과 구룡九龍역을 연결하고 있다.

여섯 번째. 국제금융센터IFC

88층으로, 세계 10위 이내의 높이를 자랑하고 있다.

일곱 번째. 홍콩상하이은행 본점滙豐總行大廈

세계적인 건축가인 '노먼 포스Norman Foster'의 작품으로, 단위 면적당 가장 비싼 비용이 투입된 곳으로 유명하다. 46층짜리 철강 구조의 건물이 이렇게 아름다울 수가 있구나 하는 생각이 든다.
1986년에 완공된 건물로, 세계 최초로 1층을 앞뒤 뻥 뚫리게 설계해서 시민들에게 개방했다는 점에서 의미가 크단다.
내가 제일 좋아하는 건물인데, 아름다우면서도 강력

홍콩 도심의 건축물

한 힘이 느껴지고, 세상에서 내가 제일 잘났다는 자부심을 느낄 수 있다. 보고 있으면 내 호주머니에 넣고 싶어진다.
이 건물 앞에 사자 동상 한 쌍이 있는데 자세하게 보면 총알 자국이 보인다. 1938년 일본군과 영국군의 접전 흔적이다. 그로부터 3년 8개월 동안 일본의 지배를 받았다.

여덟 번째. 반도호텔半島酒店

1920년대에 오픈한 호텔로 지금도 세계에서 가장 좋은 호텔로 평가받고 있다. 구룡 반도의 끝자락 침사추이의 가장 좋은 위치를 차지하고 있다.
3년 8개월 동안 홍콩을 점령했던 일본군의 항복을 받았던 곳이다.

아홉 번째. 예빈부禮賓府

1855년부터 주권 반환의 해인 1997년까지 총독부로 사용되었다. 그야말로 영국 식민 통치의 상징이다. 일본군이 홍콩을 점령했던 시기에 지붕 등이 일본 전통 양식으로 보수된 적이 있다. 이후 동서양 건축 양식이 잘 적용된 모델로 평가받고 있다. 매년 진달래가 만개할 즈음 시민들에게 개방한다.
1997년 주권 반환 이후 정부의 공식 연회장으로 사용되고 있다.

열 번째. 여심광장如心廣場

아시아 최고 여성 부호로 알려진 공여심龔如心과 남편의 영문이름을 따서 니나Nina와 테디Teddy로 불리는 두 개의 빌딩이다. 신계 지역의 최고 건축물로서 각각 88층과 42층이다.

타기

전차 • 이층버스 • 지하철 • 스타페리

옥토퍼스 카드

느림의 미학

전차

電車

홍콩에서 공부할 때 가장 신기했던 장면 중의 하나는 선생님이나 학생들이 수업시간에 차를 마시는 것이었다.

그들은 학과 사무실에 자신의 찻잔을 하나씩 두고 있었고, 뜨거운 물이 항상 그 옆에 준비되어 있었다. 학생들은 수업시작 전에 선생님의 차를 준비해 드린 후, 그들 자신도 차를 준비해서 자리에 앉는다. 그렇게 선생님도 한 모금, 학생도 한 모금 마시면서 갈증을 달래는 모습은 수업 중의 긴장을 푸는 여유로 보였다. 선생님도 학생도 따뜻한 차를 앞에 두고 담소하는 분위기여서 수업 분위기가 더욱 안정된 느낌이었다고나 할까.

홍콩에는 차갑고 톡 쏘는 음료수가 아닌 따뜻한 차 한 잔, 몸에 꽉 끼는 양복이 아닌 아주 헐렁한 청바지 같은 교통수단이 있다. 그것이 바로 전차다. 나는 홍콩의 전차가 홍콩의 긴박한 리듬을 늦추는 하나의 중요한 장치라고 생

홍콩의 전차

전차 입구와 요금

車費 Fare

落車時請付下列車費(恕不找續)

Pay exact fare as you leave

成人 Adult $2.60

小童 Child 三歲至十二歲以下 Aged 3+ and under 12 $1.30

長者 Senior citizen 六十五歲或以上 Aged 65+ $1.20

不准企立

NO STANDING

각한다. 모든 것이 현대화되어 있고, 그저 효율만을 추구할 것 같은 홍콩에서 전차는 가장 홍콩답지 않은 장면 중 하나다.

전차 덕분에 긴박하게 돌아가는 홍콩식 리듬 속에서 그나마 한 박자 쉬어가는 느낌을 받는다. 1900년대부터 홍콩섬을 누볐다는 전차는 의외로 높디높은 현대적 빌딩숲과 기묘하게 잘 어우러진다.

나는 홍콩을 진정으로 홍콩답게 만들어주는 두 가지가 공원과 전차라고 생각한다. 앞의 공원 편에서 언급한 바와 같이 삭막한 홍콩에서 공원은 오아시스 같은 역할을 담당하고 있다. 공원과 전차는 습하고 더운 홍콩의 여름날 불어오는 한 줄기의 시원한 바람 같다. 홍콩의 긴장감이나 협소함이 한참 미워지다가도, 전차와 공원을 보면 슬쩍 미소 짓게 된다.

홍콩의 공원과 전차는 홍콩이라는 공간의 균형을 잡아주는 균형추 같다. 대만의 수도 타이베이에 가면 그곳의 랜드마크인 초고층 '101빌딩'이 있다. 대만은 지진이 자주 발생하는 지역이기에, 초고층빌딩 건설은 아예 말이 안 되는 곳이다. 그런데 그것을 가능하게(긍정적이든 부정적이든) 한 것이 건물 내에 설치한 대형 균형추이다. 몇백 톤짜리 균형추가 왔다 갔다 하면서 바람이나 지진으로부터 건물의 균형을 잡아주는 것이다.

공원과 전차는 '그렇게 바쁜, 그렇게 긴장된, 그렇게 여유가 없는' 홍콩을 그나마 여유 있게 만들어주는 균형추 역할을 충실히 담당하고 있다.

홍콩의 전차는 전 세계적으로 현존하는 유일한 이층전차다. 전차가 처음으로 홍콩에 등장한 것은 1904년이고, 지금까지 사용되고 있는 전차는 161대라고 한다. '움직이는 골동품'으로 불리고 있다. 뒷문을 통해 전차에 오르면 타임머신을 타고 순식간에 백 년 전으로 돌아가는 듯하다.

그 역사만큼 들어서는 입구부터가 심상치 않은데, 쇠막대기로 만든 회전문이 기다리고 있다. 홍콩 전차의 회전문 앞에서는 뉴욕의 지하철 입구와 같은 당혹감을 느끼게 된다. 뉴욕 지하철의 회전 철창문을 통과하면서, 나는 타임머신을 타고 백 년 전으로 돌아가는 것 같은 착각을 했다. 그 문 안과 밖에 백 년이라는 시간이 놓여 있는 느낌 말이다.

전 세계의 모든 유행을 가장 빨리 받아들인다는 홍콩이 한 대 한 대가 골동품 같은 전차의 운행을 고수하는 이유가 무엇일까? 바로 관광객의 호기심을 충족시키고자 하는 전략 전술 때문이다. 홍콩과 어울리지 않는 '느림보' 교통수단일 수 있지만 홍콩만의 특징으로 알려졌기 때문이다. 당연히 긴박하게 돌아가는 홍콩에는 어울릴 것 같지 않은 이 느림보 전차는 고향인 것이다. 또 전차는 홍콩 작가들의 글감으로 자주 이용되고 있다.

또한 전차는 홍콩의 서민들에게 매우 경제적인 교통수단이다. 전차 요금이 저렴하다는 것은 지하철이나 이층버스의 그것과 비교해 보면 금방 알 수 있다. 다만 그 대가는 시간이다. 이는 마치 '시간을 아낄래, 돈을 아낄래'라고 묻는 것 같다. 이렇게 홍콩식 자본주의는 시시각각 우리의 선택을 요구한다.

'땡땡' 하는 전차의 경적은 홍콩인들에게는 새벽을 알리는 신호이기도 하다. 자신들이 홍콩에 살고 있다는 사실을 확인시켜주는 확인 도장인 셈이다. 물론 관광객들의 사랑도 듬뿍 받는 홍콩의 중요한 아이콘이 되기도 한다.

홍콩의 전차는 홍콩 사이드에만 있는데, 궤도는 홍콩섬의 서쪽에서 동쪽으로, 동쪽에서 서쪽으로 해안 가까이의 대로를 따라간다. 전차는 홍콩의 최고 번화가를 통과한다. 홍콩에는 1백 미터 이상의 건물이 1천 3백여 개가 있고, 숫자로 볼 때 세계 최대라고 한다. 전차는 그 빌딩숲을 통과한다.

전차의 궤도는 세계 금융의 현주소를 거치고, 배우 장국영을 기억하고 있는 만다린 오리엔탈 호텔을 지나면서, 우리에게 퍼시픽 플레이스 같은 거대한 쇼핑센터를 보여주기도 하고, 노먼 포스터 같은 세계 최고의 건축가들이 설계한 빌딩의 자태도, 구운 돼지 한 마리가 통째로 걸려 있

集友銀行
無上限現金回贈
港幣簽賬
1.5%
外幣簽賬
2%
73

는 완자이의 전통시장도, 아름다운 빅토리아공원도, 도심의 중앙도서관도, 서민 아파트의 안방도 보여준다. 그것도 더 이상 착할 수 없는 가격으로 말이다.

타고 있는 전차가 반대편에서 오는 전차와 아슬아슬하게 서로 비켜 갈 때, 저쪽 전차의 손님들을 향해 손을 한번 흔들어보면, 우리는 슬로우 가족이라는 동질감을 누릴 수 있다.

타보니까 '상환上環'의 '웨스턴 마켓西港城'에서 종점인 '소기만筲箕灣'까지 1시간 정도 걸린다. 궤도를 따라 운행하기에 느리지만, 교통정체가 없어 결코 느리다고 할 수 없는, 의미심장한 교통수단이다.

뒷문을 통해 전차에 오르면 바로 이 층으로 올라가는 것이 좋다. 그리고 이 층의 제일 앞자리에 앉는 것이 좋다. 빈자리가 없다면 호시탐탐 노리고 있다가 빈자리가 나면 바로 뛰어가서 잡자. 전차의 이 층 맨 앞자리에 앉아서 앞을 내다보고 있으면, 말을 타고 도시를 천천히 산책하는 기분을 느낄 수 있다. 전차가 있기에 누릴 수 있는 홍콩의 여유다.

홍콩 자본주의의 실체

이층버스

雙層巴士

'이층버스의 내부는 어떻게 생겼을까?'

'이층버스의 이 층에 타면 도대체 어떤 기분일까?'

여러 개의 물음표를 띄우게 하는 이층버스는 홍콩에 가기 전부터 나의 로망이었다.

홍콩에 도착하는 즉시 만사를 제치고 타볼 것이라는 다짐을 하곤 했다. 드디어 꿈에 그리던 홍콩에 도착하고 이층버스를 타게 되었다.

이층버스는 하나의 새로운 세계였다.

우선 앞문을 통해 탑승하면 요금함 앞에 요금이 표시되어 있다. 지금은 물론 디지털 코드로 표시되지만, 당시만 해도 종이 카드에 표시했다. 종점까지 남은 운행거리가 짧아질수록 액수가 줄어드는 요금이 표시되어 있었다. 이것이 내게는 매우 신기하고도 행복한 일대 사건이었다.

평소에 나는 한국 버스 요금의 불합리성에 불만을 품고

있었다. 멀리 가나 가까이 가나 요금이 똑같았기 때문이다. 종점에서 종점까지 가면 많이 받아야 하고, 두 코스 정도 타면 싸게 해주어야 하는데, 그렇지 않은 문제점을 늘 불만스럽게 여겼다. 그런데 이게 웬일인가. 홍콩은 내 생각대로 되고 있었다. 한국의 버스 요금에 대해서 불만을 표시해온 나를 아주 이상한 사람으로 취급해온 한국의 친구들에게 보여주고 싶었다. 적어도 홍콩에서는 내가 이상한 사람은 아니라고 말이다.

버스 요금에서도 알 수 있듯이, 홍콩은 정확한 사회였다. 영화관에서도 모든 관객들이 원하는 중간 뒤 자리는 돈을 더 받았다. 홍콩은 식당에서도 정확했다. 거의 모든 메뉴를 작은 그릇으로 주문할 수 있었고, 먹고 싶지 않은 음식이 따라오는 경우는 없었다. 한국의 식당에서는 나의 선택 여부와 관계없이 수많은 반찬이 나온다. 나는 언제나 먹고 싶지 않는 반찬은 돌려보낸다. 그것이 환경보호도 되고, 식당에도 도움이 된다고 믿기 때문이다. 하지만 반찬 몇 개를 돌려보내도 밥값을 깎아주는 법은 없다.

홍콩에서는 버스를 오래 타면 그만큼 돈을 더 내야 하고, 영화를 좋은 자리에서 편하게 보고 싶은 만큼 돈을 더 내야 하고, 식당에서 야채 한 접시를 먹으려면 따로 돈을 내야 하고, 아파트 주차장도 따로 사야 한다. 돈이 정확하게 요구되는 자본주의 사회다.

센트럴 버스정류장(스탠리 가는 버스)

이층버스

아무튼 이층버스를 타면 아래층에 앉을 것인가 아니면 이 층으로 올라갈 것인가를 바로 고민해야 한다.(이것은 요금의 차이가 없다.) 나는 이 층을 고집하는 편이다. 단 이 층에는 입석이 허용되지 않는다. 이 층에 앉으면 둥실둥실 구름을 타는 것 같은 기분이고, 세상을 내려다보는 기분이다. 특히 높은 산에서 내려올 때는 스릴 만점이다. 하지만 바람이 많이 부는 날은 일 층이 안전하다. 이층버스가 회전하다가 옆으로 쓰러졌다는 뉴스가 가끔 나오기도 하니까!

이층버스를 타고 어디로 가는 것이 좋을까?

두 곳을 추천하고 싶은데, 한국인들에게도 잘 알려진 '스탠리赤柱' 마켓과 홍콩섬의 꼭대기 '산정상山頂'이다.

먼저 스탠리 마켓으로 가볼까?

센트럴中環의 '종합버스터미널巴士總站'로 가서 6, 6A, 6X, 260번 등의 버스를 타면 된다. 가는 코스는 비슷하고 특히 260번은 직행인데, 나는 가급적 6번을 타라고 권한다. 다른 버스는 홍콩섬의 동서를 관통하는 '터널'로 지나가는데 비해, 6번 버스는 빅토리아산을 넘어서 가기 때문이다. 시간은 좀 더 걸리지만 많은 것을 볼 수 있다.

버스가 산으로 진입하면 도심의 공동묘지가 눈에 들어온다. 산으로 올라가면서 왼쪽으로 보이는 공동묘지가 우리 눈에는 생소하다. 한국의 도심에서는 볼 수 없는 낯선 풍경이기 때문이다. 살아 있는 사람과 죽은 사람의 공간이 명확하게 구분되어야 한다는 생각이 강한 한국인에게는 의아한 장면이다. 그것도 땅값이 금만큼 비싼 홍콩의 도심 한가운데 공동묘지가 있다는 사실은 놀랍다. 동네에 묘지를 두는 영국 전통의 영향을 받은 것일까? 내가 일본에서 감동 받은 장면 중의 하나가 바로 동네에 공동묘지가 있는 것이었다. 그들은 출퇴근하면서 그리고 등하교하면서 조상들과 함께하고 있었다.

그다음으로 눈에 들어오는 장면은 경사가 급한 산비탈에 50층 높이의 초고층 아파트가 자리 잡고 있다는 것이다. 건설에 문외한인 내 눈으로 볼 때도 감탄사가 절로 나오는 기술이다. 나는 잘 모르지만 산비탈을 깎아서 평평하게 만들지 않고서도, 그 자리에 그대로 초고층 빌딩을 올리는 데에는 남다른 기술이 필요할 것 같다.

홍콩의 건축기술은 건물을 짓는 데 한 뼘의 땅도 낭비하지 않는다. 산비탈에 고층을 그냥 올린다. 산비탈과 계곡 등 주위의 자연 환경은 그대로 둔다. 우리 같으면 비탈을 깎아서 평평하게 만들어야 속이 편할 텐데 말이다. 그들은 원래 자연의 모습을 그대로 두어서 자연환경의 파괴를 최소화한다. 최대한 그대로 두어서 자연스러운 정원으로서 역할을 하게 한다. 이것이 원래 그 자리에 잘 있던 숲을 건드려서 다시 인공적인 숲으로 만드는 한국의 미학과 다르다.

그런 면에서 홍콩의 공간 활용률은 세계 최고로 보인다. 산비탈에 위치한 아파트를 이층버스의 이 층에서 바라보고 있노라면, 한 뼘의 땅도 아끼는 마음과 우리도 배우면 좋겠다는 생각들이 꼬리에 꼬리를 물고 지나간다. 그런 것들이 선진국의 기본 조건이 아닐까?

평화롭게만 보이는 이층버스에서 홍콩 사회의 문제가 드러나기도 한다. 2018년 6월, 이층버스에서 바늘테러가 발생했다. 불특정다수를 노린 것인데, 좌석에 바늘을 곧추 세워두어서 두 사람이 부상을 당했다. 범인을 잡고 보니 평소 버스가 정류장에 멈추지 않고 그냥 지나쳐버린 데 앙심을 품고 벌인 사건이었다. 이 사건으로 두 가지를 의심해볼 수 있는데, 버스 운행 관리 시스템과 시민들의 분노 조절 장애다.

1997년 주권 반환 이전 홍콩 공무원의 수준이나 관리 시스템은 일관되게 홍콩의 자랑거리였다. 이제 그들이 흔들리고 있다. 중국이 추진하고 있는 '국민 만들기' 작업에 홍콩인들의 자존심이 자주 상처받고 있는 것처럼 홍콩 공무원의 자부심이 무너지고 있는 것은 아닐까.

2023년 7월 홍콩 신문에는 공무원의 사직률이 우려스럽다는 기사가 났다. 공무원은 이전과 달리 실력이 아닌 중국에 대한 충성도로 평가받기 때문이다. 정부와 시민의 거리를 어떻게 축소할 것이냐는 제목의 칼럼이 많이 보였다. 공무원도 시민이기에 그들의 마음을 짐작할 만하다.

다른 측면에서 본다면, 나와 직접적인 이해관계가 없다면 움직이지 않는 것이 홍콩 사람들이 살아가는 방식이다. 홍콩 사람들은 '그냥 지나가는 손님'이라는 '과객' 심리가 있기에 개인주의적 성향이 매우 강하다. 민주 교육의 정도로 본다면 홍콩은 아직 유아기나 청소년기라는 말이 설득력을 얻는 것이다.

이층버스를 타고 스탠리 마켓에 다녀왔다면, 이제 산 정상으로 가볼까? 올라갈 때 '피크 트램山頂纜車'을 이용한다면, 내려올 때는 꼭 이층버스를 이용하는 것이 좋다. 반대로 올라갈 때 버스를 이용한다면, 내려올 때는 트램을 이용하는 것이 좋겠다.

센트럴 '스타페리 부두天星碼頭'나 '센트럴 버스터미널中環巴士總站'에서 15번 버스를 타면 홍콩섬에서 제일 높은 산인 '빅토리아산太平山' 정상에 갈 수 있다. 피크에서는 인종 차별 내지 신분 차별의 식민지 역사를 볼 수 있다.

산 정상 동네는 식민 초기에는 중국인은 살 수 없었던 매우 특별한 거주지였다. 해발 5백 미터가 넘는 산정상이라 상대적으로 시원하기에, 지금도 부자들과 톱스타들이 많이 살고 있다. 별장, 고급 주택 등이 즐비해서, 시내 아파트와는 완연히 다른 삶을 볼 수 있다. 더불어 홍콩이 여전히 신분 사회임을 느낄 수 있다.

그래도 배울 만한 점은 난개발이 없고, 개발과 보존 구역이 엄격하게 구분되어 있다는 점이다. 의외로 홍콩 면적의 70%가 녹지라는 사실을 아는 이는 드물다. 이것 역시 서구적 근대의 영향을 받았다고 생각되는데, 원시림으로 보호되어야 할 곳은 그렇게 보호되고 있다. 그나마 마음이 편안하다.

홍콩섬에서 제일 높은 552미터 정상에는 유명한 식당이 있다. 당시 산 정상에 사는 영국고관들은 가마꾼들의 가마를 타고 출퇴근을 했다. 이 식당은 1901년에 가마꾼들의 휴식처로 세워졌다고 한다. 수많은 영화에 등장한 고풍스러운 식당 '더 피크 룩아웃 식당太平山餐廳'에서 맛있는 볶음밥에 홍콩 음료의 대장격인 시원한 아이스 레몬티 한 잔하고 트레킹에 나서기를 바란다.

정상의 트레킹 코스는 홍콩 여행의 백미라고 할 수 있다. 코스 중에서도 '폭풀람 교외 공원薄扶林郊野公園', '산정 화원山頂花園', '루가드 로드盧吉道'로의 트레킹을 권한다. 빌딩 숲으로 기억된 홍콩과는 완전히 다른 홍콩을 볼 수 있다. 땀 흘리며 걷다 보면 공원이나 숲, 저수지가 나타나고, 산으로 오르는 전차나 에스컬레이터가 보이기도 한다. 홍콩을 천 가지 표정을 지닌 도시라고 하는 이유이다.

승객 중심의 서비스 모델

지하철

地鐵

나는 4월초에 처음으로 홍콩에 도착했다. 한국은 춥고 어두운 긴긴 겨울을 막 벗어나서, 나무에 새싹들이 보이면서 상큼한 봄 향기가 사방으로 몽실몽실 번질 때다. 홍콩에서도 그런 느낌의 4월을 기대했다.

하지만 비행기의 문이 열리고 계단으로 내려서는 순간, 나 자신도 모르게 뒷걸음치면서 다시 비행기 안으로 들어가려고 했다. 한 번도 경험해보지 못한, 아니 목욕탕 사우나실에 들어설 때의 딱 그 느낌이었다. 그것도 그냥 사우나가 아닌 절대 이겨낼 수 없는 '신의 사우나' 같달까? 내게 홍콩의 더위는 그렇게 위협적으로 다가왔다.

길거리에서 더위에 지친 얼굴들을 대하면서 신의 사우나에서 살기가 얼마나 버거운지를 알게 된다. 내 아파트 공간에 들어서기 위해 굳게 닫힌 철문을 힘차게 밀면서, 신의 사우나에 침입한 나 자신을 더욱 미워하기도 했다.

다닥다닥 붙어 있는 옆 건물의 주방으로부터 고스란히 전해져 오는 열기와 냄새에 좌절하기도 했다.

그렇게 적응해가는 도중에 지하철을 유난히 좋아하게 되는 자신을 발견한다. 홍콩의 지하철은 그야말로 사막의 오아시스 같은 존재이기 때문이다.

이후로 나는 홍콩에서 어디로 이동해야 할 경우 무조건 지하철을 고집하는 고집불통이 되어갔다. 약속 시간을 정확하게 보장해주는 교통수단이라는 설명으로는 무언가 부족하다. 출퇴근 시간에 계단을 내려가면서 놓치게 되는 지하철을, 2분 안에 반드시 다시 보게 된다는 교통수단이라는 해명도 부족한 건 마찬가지다.

내가 홍콩의 지하철을 좋아하는 이유는, 지하철 역 근처에만 가도 느껴지는 그 시원한 냉기 때문이다. 아스팔트와 콘크리트에서 복사되는 태양열, 다닥다닥 붙은 빌딩들의 빼곡한 에어컨 실외기에서 뿜어져 나오는 뜨거운 열기를 통과하면서, '조금만 더 가면 조금만 더 가면 오아시스가 나올 거야' 하면서 한 발 한 발 지하철역을 향해 나아간다. 그리고는 역 계단에 들어서는 순간 한숨을 돌리게 된다. 에어컨 오아시스에 도착한 것이다.

홍콩의 지하철은 1979년부터 주요 노선이 단계적으로 개통되었고, 지금까지 9개 노선이 운행 중이다. 1998년에 지금의 '첵랍콕赤鱲角' 공항이 건설되면서 공항선이 등장했

지하철 열차 내 경고판

지하철 풍경

고, 지금도 새로운 노선이 꾸준하게 개통되고 있다. 홍콩의 지하철은 홍콩의 성장과 밀접한 관계가 있다. 1980년대 초는 홍콩의 인구가 이미 포화상태에 도달해서 도시의 교통 기능이 한계점에 도달한 시점이었다. 동시에 정작 당사자인 홍콩은 빼놓고 중국과 영국 정부 사이에 주권 반환이라는 협상이 시작되면서, 홍콩 사회에 '우리가 왜 이런 대접을 받아야 하는가?', '우리는 누구인가?'라는 물음이 무자비하게 던져지던 시절이었다.

그래서 이른바 자랑스러운 도시 정체성을 상징하는 지하철로 '발전' 방향을 확정지어서 어지러운 민심을 수습해야 했다. 홍콩인들은 홍콩의 지하철을 매우 자랑스럽게 생각한다. 물론 나도 이용하면 할수록 승객 중심의 동선처리와 효율적인 관리에 감탄하게 된다. 이것이 바로 '홍콩의 관리 시스템이구나!' 하면서 말이다.

지하철의 편리함 덕분에 인간, 환경, 수익성 등으로 평가되는 세계 100대 도시 대중교통 비교에서 홍콩이 세계 최고의 대중교통 시스템을 갖춘 도시로 인정받고 있는 것 같다. 2017년 글로벌 건축 컨설팅 회사 '아카디스ARCADIS'의 평가에 의하면 홍콩이 1위, 취리히가 2위, 파리가 3위, 서울이 4위였다.

홍콩의 지하철을 생각하면 떠오르는 또 다른 장면으로는 각종 벌금 경고판이 있다.

역 안으로 들어가는 계단에서나, 대합실에서나, 승강장에서나, 객차 안을 막론하고 곳곳에서 경고판이 경고를 보내고 있다. 홍콩의 지하철 구내에서 음식물을 섭취하면 30만 원, 담배를 피우면 80만 원의 벌금이 부과된다. 심지어 지하철 티켓을 훼손하면 벌금을 내야 한다. 아무 경고판도 없는 한국의 지하철과 비교하면 대단히 무섭다.

경고판이나 표지판은 우리에게 많은 것을 알려준다. 현수막이나 경고판은 그 지역이나 공간의 정체성을 보여준다. 우리가 다른 집의 거실에서 보는 액자의 글귀나, 친구 방 책꽂이의 책 제목을 보면서 그 집이나 그 친구의 정신세계를 짐작하는 것처럼 말이다.

홍콩 지하철의 경고판은 말로 하는 계몽의 실패를 보여준다. 지하철 개통 초기에 오랜 기간 동안 계몽을 했음에도 불구하고 홍콩 지하철은 매우 더러웠다. 홍콩 지하철의 경고판은 승객의 책임을 묻고 있는 것이다.

홍콩에서 길에 쓰레기를 함부로 버리면, 크기에 따라 한국 돈으로 벌금을 최대 200만 원까지 내야 한다. 벌금으로 규제하는 모습이 그다지 좋아 보이지는 않는다. 그런데 홍콩 시민들은 홍콩 지하철의 각종 규제가 홍콩의 법과 제도를 상징하는 것으로 인식하기도 한다. 특히 그 규제가 중국과는 다른 홍콩 자신들만의 정체성이라고 믿는다.

몇 년 전 중국에서 온 관광객과 홍콩 시민이 지하철 객

센트럴 지하철역

침사추이 지하철역

차에서 크게 다툰 적이 있다. 중국에서 온 아이가 과자를 먹었고, 홍콩 시민이 그것을 만류한 것이다. 홍콩의 법과 규정을 들어 훈계했고, 아이의 엄마는 반발했다. 그 과정을 촬영한 동영상이 인터넷에 올랐고, 이후 중국과 홍콩의 네티즌 수백만의 자존심 대결로 확대되었다. 지금도 중국인 관광객들이 많이 타는 기차와 지하철 객차 내에서는 긴장감이 흐른다.

홍콩의 역 또는 객차 내 벽면의 벌금 경고판만 없다면, 그곳은 완벽하게 교양 있는 공간이다. 지금은 아니지만 한때 한국 지하철에서는 말로 하는 계몽이 난무했다. 지하철을 타면 무엇을 하자거나 무엇을 하지 말자는 계몽적인 방송이 많았다. 반면 홍콩의 지하철에서는 그때나 지금이나 역 이름과 내릴 때 조심하라는 내용만 간단하게 방송된다.

지하철과 더불어 또 하나 부러운 교통수단은 공항철도다. 공항에서 종점인 홍콩섬의 센트럴까지 20분밖에 걸리지 않는데, 세계 어디에도 공항에서 도심까지 이렇게 빠른 이동이 가능한 곳은 없을 것이다. 세관을 통과하고, 공항 대합실 문을 지나서, 공항철도 패스를 구입(내리는 역에서도 구입 가능)해서 열차를 탑승하는 시간을 재면 기다리는 시간 포함해서 5분도 걸리지 않는다. 말로만 그치는 것이 아닌 실제로 승객 중심의 서비스가 무엇인지 알 수 있다.

끝으로 거리와 이용 가치에 따라 정확하게 나뉘는 홍콩 지하철의 요금 체계를 보면, 역시 홍콩식 자본주의는 무섭구나 하는 감탄사가 저절로 나온다. 예를 들면 홍콩섬의 '애드미럴티金鐘역'과 구룡반도의 '침사추이尖沙嘴역'을 연결하는 구간이 해저터널인데, 해저로 잇는 만큼 '한' 구간에 2,000원이 넘어간다. 지하철을 탈 일이 있으면 동선을 잘 파악해서 두 번 가지 말고 한 번에 해결하는 것이 좋겠다.

역사의 증인

스타페리

天星小輪

홍콩을 홍콩답게 만드는 중요한 구성 요소의 하나는 빅토리아항구이다. 홍콩섬과 구룡반도를 사이에 두고 있는 빅토리아항구가 없는 홍콩은 무엇인가가 부족한 그림 같기 때문이다. 홍콩은 향기 향香에 항구 항港 자로, 한국식 한자음으로 읽으면 '향항'이 되고, 홍콩지방의 언어인 광동어로 발음하면 '형꽁'이 된다.

그런데 사실 광동어를 배우다 보면 이 중국의 방언이 배우기가—광동어에 비하면 보통화는 너무나 쉬운—만만치 않다는 것을 금방 깨닫게 된다. 9개나 되는 성조가 구분이 잘 안 되는 것은 물론이고, 외국인으로서는 발음하기가 가장 어려운 복모음이나 비음의 비중이 매우 높기 때문이다.

영국인들도 '형꽁'이라는 발음을 제대로 낼 수는 없었겠다. '형꽁'의 가장 쉬운 발음형태인 '홍콩Hong Kong'으로 정착된 것이다.

홍콩이라는 이름의 기원에는 여러 가지가 있지만, 향나무를 수출 또는 중계하였기에 '향항'이라는 설이 가장 유력하다. 홍콩은 과거 목재를 수출하고 중계하는 중요한 항구였다. 세계 지도나 중국 지도를 놓고 보면, 홍콩섬의 지리적 중요성이 한눈에 들어온다. 중국 대륙이 동남아시아와 태평양으로 연결되는 절대적인 위치에 있다. 중국 대륙의 동남부에 위치한 광동성에서도 가장 '공격적인' 자리를 차지하고 있는 것을 볼 수 있다.

광동성은 지금도 대외 개방의 정도가 중국에서 수위를 다투고 있지만, 예전부터 상하이上海와 함께 중국의 관문 구실을 해왔다. 광동성을 관통하면서 마카오 앞 바다를 누렇게 물들이고 있는 주강珠江은 1천 년 전부터 차와 도자기와 비단을 실은 무역선들이 중국–유럽을 오가는 뱃길이었다.

그 주강의 입구에 홍콩이 자리 잡고 있다. 이 지역에서 오랫동안 무역을 해온 영국인들은 홍콩의 지리적 이점과 함께 수심이 깊은 항구로서의 장점을 너무나 잘 알고 있었다. 영국은 '1차 아편전쟁'에서 승리한 후 홍콩섬을, '2차 아편전쟁' 후에는 구룡반도를 '영구적'으로 할양받았다. 바다를 사이에 두고 있는 홍콩섬과 구룡반도는 왕래가 필요하니, 두 곳을 왕복하는 '스타페리'는 홍콩에서 가장 먼저 생긴 대중교통 수단이다. 그리고 지금도 바다를 건너는

스타페리

가장 싼 대중교통 수단으로 홍콩인들의 사랑을 받고 있다.

스타페리를 타면 세계 3대 미항의 하나로 손꼽힌다는 홍콩의 아름다운 모습이 한눈에 들어온다. 빅토리아항구 양안의 건축물들도 잘 보인다. 스타페리를 타야만 홍콩이 항구라는 사실을 제대로 파악하게 된다. 그런데 이렇게 느리지만 값싸고 편리한 교통수단인 스타페리의 역사를 한 번 살펴보면, 모든 역사는 당대사라는 말이 실감난다. 스타페리는 홍콩의 민주화를 상징하기 때문이다.

홍콩이 일본으로부터 해방되고 다시 영국의 식민지로 돌아간 1945년 이후, 홍콩의 재야세력이 등장했고, 그들은 이제 의사표현을 하기 시작했다. 신문에 정부를 비판하는 글을 올리고, 재야 지도자들이 영국 국회로 달려가서 홍콩 정부의 부패와 무능을 고자질하는 일도 생겼다.

1963년에는 식민주의와 공산주의를 반대하는 '민주자치당'이 탄생되었고, 자치를 보장하고 총독에 '중국인'을 임명해달라는 요구까지 등장했다. 정규 조직화에는 실패했지만, 현실 정치에 대한 홍콩인의 각성을 촉구한 중요한 사건이었다. 이런 사건들이 스타페리의 운임 인상 반대 투쟁으로 연결되는 마중물 역할을 했다.

1965년 10월, 홍콩의 '스타페리'가 요금 인상안을 발표했다. 하지만 정치인의 주도로 인상을 반대하는 서명운동이 전개되어 두 달 만에 시민 17만여 명의 지지를 받았다. 1966년 4월에는 한 청년이 거리에서 단식투쟁을 시작했고, 경찰은 교통 방해 혐의로 청년을 체포했다. 분노한 시민들이 격렬하게 저항하였다. 구룡반도를 관통하는 중앙통인 '나탄 로드彌敦道'에 홍콩 시민 3~4천 명이 운집하여, 자동차를 불태우고 공공시설을 파괴했다. 경찰은 야간 통행금지를 실시하였고, 시민 1천 5백여 명을 체포했다. 그 와중에 급진파의 테러로 시민 1명이 사망하기도 했다.

1966년의 스타페리 시위는 홍콩 역사상 자발적인 첫 민중 봉기였다. 홍콩인이 정치적으로 다시 태어난 일대사건으로 규정된다.(시민들이 시위를 하니까, 정부가 수용을 해 주는구나 하는) 이 사건 이후 홍콩에서 시위가 자주 등장하기 시작했다. 또한 홍콩에서 태어났거나 성장한 세대가 정치 전면에 등장하였음을 알리는 신호탄이었다. 수십 년이 지난 후 단식투쟁 당사자는, 그것이 가진 자에 대한 계급투쟁이면서 영국을 향한 반식민 투쟁이었다는 의미를 부여했다.

스타페리 시위와 당시 중국 문화대혁명의 영향으로 발생한 집단행동들은 영국정부에게 큰 충격을 주었다. 그들은 좀 더 부드러운 방식으로 홍콩인들에게 다가가게 된다. 초등학교 무상교육을 실시한 것도, 식민지부에서 파견해 오던 총독을 외교부에서 파견하기 시작한 것도 그즈음이었다. 이후 홍콩정부는 스스로 '자문 스타일'의 정부라고 할 정도로 적극적으로 민의를 구했다. 1972년에 정부는 10년 내 36만 채의 공공 주택을 짓겠다는 발표를 했다. 중국어를 '법정 공용어'로 허용했다.

벤야민은 '현재가 과거와 미래 사이의 살아 있는 변증법'이라고 생각했다. 과거가 있기에 오늘이 있고, 오늘이 있기에 미래가 가능할 것이다. 스타페리가 시민들과 함께 한 역사가 있기에 오늘과 내일의 홍콩이 홍콩답게 보장되는 것이리라. 스타페리는 홍콩을 대표하는 아이콘의 자격을 갖춘 것이다.

2006년에 스타페리는 다시 홍콩 시민들의 관심을 받았다. 스타페리 부두를 리모델링한다는 발표에 시민들을 포함한 문화계가 발끈했다.

1997년의 주권 반환 이후 뒤늦게나마 홍콩 시민들은 자신들의 집단기억에 대한 애착을 가지게 된다. 스타페리 부두는 홍콩을 상징하는 가장 강력한 아이콘이기에, 상업적인 잣대로 그것의 위치를 바꾸고 리모델링한다는 사실을 홍콩인들은 받아들이기가 어려웠다.

비록 지켜내지는 못했지만 '스타페리 부두 지키기 운동'은 홍콩 사회 운동의 서막이었다. 이어서 '여왕 전용 부두 지키기', 고속철도로부터 신계 지역의 전통 촌락인 '채원촌菜園村 지키기', 인쇄거리 '이동가利東街 지키기' 등의 운동이

잇달아 전개되었다.

스타페리의 역사를 알았다면, 그 역사를 떠올리며 타보도록 하자.

스타페리는 낮에 한 번, 밤에 한 번 타는 것이 좋다. 낮에 타면 빅토리아만의 어디가 매립지인지를 가늠해 볼 수 있다. 밤에는 홍콩섬 쪽 가장 좋은 위치를 차지하고 있는 삼성이나 엘지 광고판을 볼 수 있다. 수많은 건물에서 뿜어져 나오는 네온사인들이 만들어내는 야경과 밤바다에 비친 화려한 색깔들의 조합이 아름답다.

홍콩섬이나 구룡 반도의 스타페리 부두에서 출발할 때, 배와 부두를 연결해놓은 밧줄을 눈여겨보면 평생 한번 볼까 말까 한 구경을 할 수 있다. 나는 언젠가 한번 배가 출발하는 데도 불구하고 선원들이 그것을 다시 푸는 것을 깜빡하여 밧줄이 끊어지는 것을 보았다. 그 엄청난 굵기의 삼나무 밧줄보다 배의 엔진이 세다.

스타페리와 부두를 연결하는 밧줄

도깨비 방망이

옥토퍼스 카드

八達通

대부분의 한국 대학들이 행정(경영) 전문가를 총장으로 선택하는 것과는 달리, 한때 홍콩의 대학들은 유명 학자를 총장으로 영입했다.

대학 책임자의 자리에 행정가형이 적절한지 아니면 학자형이 좋은지는 당연히 갑론을박이 가능하다. 홍콩 중문대학교 총장을 지낸 유존의劉遵義 교수 역시 세계적인 학자인데, 그가 2004년 9월 『명보월간明報月刊』에 남긴 충고는, 오늘을 살아가는 젊은이들에게 시사하는 바가 크기에 이곳에 옮겨본다.

> 어떤 사람은 이렇게 말한다. 똑똑한 사람은 문밖을 나가지 않더라도, 천하의 움직임을 안다.
> 어떤 사람은 또 이렇게 말한다. 만 권의 책을 읽는 것은, 만 리의 길을 가보는 것만 못하다. 우리는 학교에서 그리고

책에서 지식을 얻고 계발을 받는다. 게다가 인터넷을 통해서 최신 정보를 얻을 수 있다. 이것은 확실히 문밖을 나서지 않더라도 천하의 움직임을 아는 것이다.

그런데 사람은 생각과 감정이 있는바, 고요한 상태가 오래되면 움직일 생각이 나는 법이다. 만약 책이나 기타 매개를 통해 지식을 습득한다면, 조금 부족하다고 할 것이다. 기회가 된다면 밖으로 나가서 공부하거나 일을 해서 다른 지역의 풍속과 문화를 직접 체험해보아야 하는바, 이것이야말로 인생에서 중요한 경험이 된다. 이런 경험은 시야를 확대시키고 기질을 변화시켜, 우리가 진정한 '세계인'으로 거듭나게 하는 것이다. 따라서 만 리의 길은 떠나지 않으면 안 되는 것이다.

나도 평소 학생들에게 떠나라는 말을 자주 하는데, 되도록이면 익숙한 환경이 아닌 곳으로 떠나라고 한다. 그래야 전두엽이 자극을 받고, 조금 더 이성적으로 사고하고, 세상을 넓고 깊게 볼 수 있게 된다. 평소 익숙하지 않은 곳으로 가야 하니 당연히 국내보다는 해외가 좋고, 그중에서도 홍콩은 우리에게 많은 것을 보여주는 매우 중요한 공간이다.

홍콩은 우선 공간적으로 동양과 서양을, 시간적으로 과거와 현재를 함께 보여준다. 홍콩은 영국이라는 서양의 선진국이 기획한 공간이지만, 문화적으로는 중국적인 사람들이 살아간다. 따라서 볼거리 먹을거리가 다양하기에 배울 점이 많다.

홍콩문화에서 가장 배울 만한 점은 무엇일까? 나는 '편리함'을 꼽고 싶다.

우리가 홍콩에 도착하면서부터 무언가 편안함을 느낀다면, 홍콩 사회의 기본 인프라가 잘 되어 있다는 것일 테다. 교통이나 도로 등 사회 기본 설비의 선진화는 홍콩사회의 우수성을 언급할 때 반드시 거론되는 장점 중의 하나다. 선진화된 편의 시설은 우리가 서구의 어느 주요 도시에 와 있다는 착각을 하게 만든다. 우리가 막연히 가지고 있는 '아시아적' 불편함이라는 고정관념을 깨뜨리는 본보기가 되기도 한다.

나는 가끔 홍콩에서 누리는 편리함에 대해—한국에서 느끼는 불편함에 익숙해진 나는—송구함을 느낄 때가 있다. 홍콩의 근대를 홍콩에서 보행자로서, 교통수단 이용자로서 이동하다 보면 순간순간 느끼게 된다.

홍콩문화에는 선진적인 그 무엇이 많이 있다. 그것은 교통, 통신, 도로, 항만, 관광 편의 시설이라는 구체적인 이름으로 호명되기도 한다. 그만큼 우리의 두뇌에 자극을 주는 것들이 많이 있다.

그런 홍콩의 '편리함'을 대표하는 물건 세 가지만 꼽으

라면, 딤섬, 전차 그리고 '옥토퍼스 카드Octopus Card'를 들 수 있겠다.

딤섬은 홍콩의 포용적인 문화를, 전차는 각박한 환경이지만 여유를 지향하겠다는 다짐을, 옥토퍼스 카드는 최대한 편리성을 추구하는 마인드를 보여주는 증거들이다. 홍콩문화에는 '모든 것을 다 받아들일 수 있다는 자신감, 인생의 여유도 매우 중요하다는 인식 그리고 모든 것이 합리적으로 운용되고 있다는 믿음'이 있다. 이것이 홍콩을 정의하지 않을까?

옥토퍼스 카드의 중국명은 사통팔달로 통한다는 '팔달통八達通'이다. 옥토퍼스, 즉 다리가 많은 문어를 바라보는 시선이 우리 한국인과 똑같다.

옥토퍼스 카드 계산대

'옥토퍼스(문어) 카드'로 불리는 그것은 홍콩의 주권이 반환된 직후인 1997년 9월에 도입된 공공교통 선불카드다. 지금은 한국에서나 중국에서 각종 지불 방법이 많이 등장했지만, 30여 년 전에 이런 카드의 도입은 획기적이었다. 버스, 전차, 지하철, 페리 등 대중교통은 물론이고, 식당, 상점, 패스트푸드점, 편의점, 자판기 등에서도 사용이 가능하다. 잔돈을 준비할 필요도 없고 할인도 되니 홍콩에서 거주 또는 여행할 때의 필수품이다. 포인트 적립도 되고 지정 루트를 이용할 경우 할인도 받을 수 있다. 현재 3천 홍콩달러(50만 원)까지 충전할 수 있는 '옥토퍼스 카드'는 그 편리성 덕분에 신용카드의 영역까지 잠식하면서 영향력을 확대하고 있다.

'옥토퍼스 카드'를 손에 넣는 순간 그냥 든든해진다. 열쇠고리에 달고 다닐 수 있는 '미니 카드'도 있다.

택시에서는 사용을 못 한다는 작은 허점이 있지만—기사들이 팁을 못 받는다는 이유로 결사반대 했다—이 카드 덕분에 현금 결제를 좋아하는 홍콩 사람들의 생각이 바뀌고 있다. 홍콩인들의 의식 개선을 선도하고 있는 문화적 상징인 것이다. 옥토퍼스 카드의 확산으로 홍콩에서 전자결제의 기반이 좀 더 넓혀질 것이라고 한다. 기업이나 정부의 목표는 홍콩을 현금 프리 지역으로 만드는 것이다. 아마 곧 홍콩에서 동전지갑이 보이지 않게 될 것이고, 더 이상 동전 소리를 들을 수 없게 될 것이다. 나처럼 동전 만들기 싫어하는 사람들이나, 동전에 익숙하지 않은 관광객들에게는 최고의 편리함을 선사하는 도깨비 방망이가 분명하다. 2023년 7월 현재 현금, 옥토퍼스, 신용카드가 골고루 사용되고 있다. 편리함이 홍콩을 상징한다면 이 세 가지 지불수단의 공존이야말로 그것을 증명하고 있다.

지난 30여 년 동안 홍콩에서 옥토퍼스 카드 시스템을 운영해온 옥토퍼스사는 이제까지 총 수천만 장의 '옥토퍼스 카드'를 발행했다. 옥토퍼스는 온라인상에서도 결제 수단으로의 영역을 넓혀가고 있다.

중국의 대표적인 쇼핑 사이트인 '타오바오淘寶'에서 물건을 사고 신용카드로 결제하면 수수료가 3%대이지만, 옥토퍼스는 1.5%만 받는다. 마카오에서는 물론 홍콩과 인접한 광동성 16개 도시에서도 사용이 가능하다. 옥토퍼스 카드의 편리성과 합리성이야말로 한때 동아시아 문화를 선도했던 홍콩문화의 참모습이다.

나는 옥토퍼스 카드의 높은 보급률은 홍콩경제의 투명성에 기반하고 있다고 본다. 교통 관련 회사는 물론 식당이나 편의점 등의 운영이나 과세 표준이 매우 투명하게 공개되고 있기에 가능한 제도가 아닐까? 이 카드도 신용카드처럼 수수료를 납부해야 하지만, 매우 합리적인 수준으로 유지되고 있다. 옥토퍼스의 성공은 무엇보다도 도시를 구성하는 주체들이 투명하게 운영되고 있고, 또 전체가 유기적으로 연결되어 있다는 반증이 아닐까.

그리고 '홍콩다운' 분위기 즉, 무언가 고객의 입장에서 좀 더 다르게 접근하고자 하는 홍콩의 자존심이 만들어낸 '요술방망이'라고 생각한다. 투명한 사회 시스템과 무한한 상상력이 보장되는 자유, 창의적인 아이디어가 현실화될 수 있는 분위기가 만들어낸 작품인 것이다.

앞으로도 다른 곳에는 없는 홍콩만의 '요술방망이'가 지속적으로 태어날 수 있을까?

먹기

딤섬 · 차찬탱

삼겹살 바비큐 덮밥

음식의 지존무상

딤섬

點心

'우리는 먹기 위해서 살까? 아니면 살기 위해서 먹을까?'라는 질문은, 심심할 때 친구들과 나누는 대화에서 빠지지 않는 메뉴다. 나는 이렇게 대답한다. 한국에서 나는 살기 위해서 먹지만, 홍콩에서 나는 먹기 위해서 산다고. 전설적인 한국 대표팀 골키퍼였던 변호영 한인회 회장은 홍콩에서 계속 살까 말까를 결정할 때, 무엇보다도 홍콩 음식의 매력이 크게 작용했다는 말을 한 적이 있다.

그만큼 홍콩의 음식은 엄청난 마력을 가지고 있다. 나는 유학한다고 홍콩에 도착해서, 꼬박 3주 동안 김치를 먹지 못했다. 김치뿐만이 아니라, 중국음식다운 음식도 먹지 못했다. 그저 쌀밥 위에 오향냄새가 나는 삶은 닭다리 하나 덩그러니 올리고, 그 위에 간장을 뿌린 '닭다리밥鷄腿飯'만을 먹었다. 그것을 목구멍으로 넘기기 위해서는 콜라가 반드시 필요했다. 매우 큰 닭다리를 한입 베어 물고, 콜라를 이용해서 그것을 넘길 때는 눈물이 찔끔 나오는 것을 참아야 했다.

하루빨리 현지에 적응해야 한다는 선배의 '협박' 그리고 한 푼이라도 절약해야 한다는 유학생의 위기감은, 김치찌개를 허겁지겁 퍼먹는 꿈을 꾸는 것으로 절정을 이루었다.

지금은 아니지만 나는 특히 김치를 좋아하는 사람이었다. 지금은 한류의 영향으로 홍콩에 3백 개 이상의 한국식당이 있다고 하지만, 당시 나는 한국식당이 있다는 사실을 아예 몰랐다. 김치 없는 홍콩도 가혹한데, 내가 자주 가던 싸구려 홍콩 식당의 음식 냄새는 나를 절망의 늪으로 몰고 갔다. 그 냄새를 정신적으로 받아들일 때쯤에서야 나는 홍콩이 좋아지기 시작했다.

어느 교민의 도움으로 홍콩에 도착한 지 3주가 지나서야 한국식당에 갈 수 있었는데, 미리 나온 김치 등의 반찬을 몇 접시나 집어 먹고서야 김치에 대한 갈증을 해소할 수 있었다. 이렇게 호된 신고식을 치른 후에도 홍콩에 체류한 지 한참이 지나서야 '김치'는 있어도 그만 없어도 그만이 되었고, 나는 중국음식을 첫 손가락에 꼽는 중국음식 팬이 되었다.

어떤 지역이나 국가를 안다고 할 때, 그것을 판단하는 중요한 기준 중의 하나는 '그 나라의 음식을 마음대로 시킬 줄 아느냐'가 아닐까? 그래서 나는 중국에서 유학하는 한국 학생들과 식사할 때, 그들에게 음식 주문을 하게 한다. 그리고 주문하는 음식을 보고 중국에 대한 그들의 학습 정도를 짐작한다.

홍콩에서는 한 끼 한 끼가 매우 소중하게 생각되어서, 체류 시간이 짧으면 더욱 고민이 된다. 어느 식당의 어떤 메뉴는 꼭 먹고 가야 하는데 하면서, 그냥 전전긍긍하게 된다.

홍콩에서는 아침에도 다양한 메뉴를 즐길 수 있다. 일어나서 세수도 안 하고 밖으로 나가 원하는 메뉴의 식당을 찾으면 된다. 점심에는 어느 식당에 가든 수십 종의 딤섬點心을 골라 먹을 수 있다. 저녁에도 가까운 식당에 가면, 돼지豬肉, 새끼돼지乳豬, 닭雞肉, 거위鵝肉 바비큐와 수십 가지의 덮밥과 '카레밥咖哩飯'을 싼 가격에 먹을 수 있다.

이렇게 맛있는 음식이 많은 홍콩에서, 내가 처음부터 '닭다리밥'보다는 '딤섬點心'을 먼저 맛보았다면 어땠을까? 홍콩에 훨씬 빨리 적응하지 않았을까?

딤섬을 먹으러 아침에 홍콩 사람들처럼 신문이나 책 한 권 들고 '얌차飮茶'하러 가보자. '얌飮'은 마시는 것이고, '차茶'는 그냥 차이니, '얌차'는 차를 마신다는 뜻이다. 하지만 홍콩에서는 '차와 함께 딤섬을 먹는 행위'를 가리킨다. 한국 사람들은 '술 한 잔 하자'고 하지만, 홍콩에서는 '얌차 한 번 하자'고 한다.

딤섬

얌차

'딤섬點心'은 떡, 과자, 빵, 케이크 등의 간식을 가리킨다. 광동요리의 대표답게 '딤섬dimsum'이라는 광동어 발음으로 전 세계에 알려져 있다. 딤섬의 종류는 매우 다양한데, 하나의 명칭으로 정의되지만 그 형태는 무궁무진하다. 그래서 지극히 존귀한 '지존至尊'이고, 더 이상 위가 없는 '무상無上'이다.

딤섬은 중국 요리를 주축으로 세계 각국의 대표 요리를 축소해서 작은 대나무 바구니 하나하나에 담아 낸다. 그 종류의 다양함을 보면 딤섬이 왜 홍콩 문화의 포용성을 상징하는지 알게 된다. 즉 원래 중국요리가 아닌 것도 딤섬의 새로운 메뉴로 추가된다. 딤섬의 종류를 살펴보면, 베트남 요리도 있고 일본 요리도 있고 심지어는 한국식 불고기 양념을 한 소고기 요리도 있다. 그래서 딤섬은 동서양이 만나는 접점으로서 전 세계 문화를 수용하고 교류하는 홍콩 문화의 상징이다.

나는 딤섬의 그릇인 대나무 찜통을 보면 푸근한 고향을 느낀다. 홍콩에서 1년 동안 소비되는 딤섬의 양은 실로 엄청나다고 하는데, 그 대나무 바구니를 일렬로 나열할 경우 지구를 세 바퀴 반 돈다는 말이 있다.

홍콩의 '얌차' 식당에서 반드시 맛보아야 할 딤섬에는 무엇이 있을까?

우선 통새우가 들어가는 만두 '하까우蝦餃'다. 딤섬을 아는 사람들이 제일 먼저 떠올리는 메뉴일 것이다. 나는 친구들에게 이렇게 과장할 때도 있다. 빨간 새우가 비치는 새우만두를 한입 베어 무는 순간, 눈물이 핑 돈다고. 바로 새우의 신선도 때문이다. 살아 있는 새우가 아니면 만들 수 없는 맛이다. 땡글땡글한 새우의 식감이 고스란히 입에 전해진다. 새우뿐만이 아니라 생선이나 해산물의 신선도에 관한 한 홍콩요리는 타의 추종을 불허한다.

그다음으로 생각나는 딤섬은 '시우마이燒賣'이다. 이름을 뭐라고 불러야 할지 애매하다. 풀어서 말한다면 돼지고기와 새우를 같이 버무린 속을 넣고 찐 만두다. 얌차를 할 때 빼서는 안 되는 메뉴다.

세 번째, 아니 누구에게는 첫 번째 딤섬일 수도 있는 간장 닭발찜인 '펑자오豉汁鳳爪'도 빼놓을 수 없다.

한국인에게 가장 임팩트가 큰 음식인데, 한국식 닭발에 익숙한 사람들에게도 신선한 충격으로 다가올 정도의 생생한 비주얼을 가졌기 때문이다. 족발은 먹지만 닭발은 못 먹는 사람이 많은데, 그런 이에게 더욱 큰 거부감을 줄 수 있는 모양새다. 영원한 논쟁거리가 되는 딤섬이다. 하지만 처음 맛보기가 힘들지 한번 입에 대면 거부할 수 없는 메뉴다. 실제로 나는 처음에는 안 먹다가 나중에 그 맛에 푹 빠진 사람을 여럿 알고 있다.

내가 제일 좋아하는 딤섬은? '군통까오灌湯餃'다.

나는 이것이야말로 만두의 왕이라고 생각한다. 딱 한 개의 큰 만두가 탕 속에 잠긴 채로 나온다. 탕 속에 잠긴 고급 만두라고나 할까. 만두 속에는 각종 해산물과 야채 그리고 상어 지느러미인 샥스핀(요즘 상어 남획—상어지느러미만 떼고 몸통은 바다에 버리는것—이 문제라 안 넣는 식당도 많음)이 들어간다. 반드시 따라 나오는 빨간색의 중국 식초를 부어 먹어야 제맛이 나는데, 중국 식초는 와인처럼 매니아들이 있을 정도로, 중국인들이 매우 자랑스러워하는 전통 먹거리이다.

그 밖에도 딤섬의 느끼함을 잡아줄 '야우초이油菜'를 주문하는 것이 좋다. 신선한 채소를 기름 조금 부은 끓는 물에 넣었다가 살짝 데쳐내는 방식이다. 이렇게 조리된 '야우초이'는 그 채소 고유의 풍미가 완전하게 살아 있는 음식이다.

홍콩은 일본과 더불어 세계 최장수 지역이다. 나는 홍콩이 세계 최장수 지역의 수위를 다투는 이유가 바로 이 '야우초이' 요리법에 있다고 생각한다.

'야우초이'를 주문하면 바로 '무슨 채소로 만들어드릴까요?'라고 물어 온다. '초이삼菜心'은 홍콩인들이 가장 좋아하는 야채로서, 우리 한국인에게 새로운 맛의 세계를 보여준다. 나는 교민 가정에서 '초이삼' 김치를 맛보았을 때의 감동을 잊지 못한다. 홍콩의 대표 채소가 김치라는 요리

北園酒家
NORTH GARDEN RESTAURANT
北園酒家
NORTH GARDEN RESTAURANT
北園酒家
ISUZU

딤섬 식당 북원

군통까오

방식과 만났을 때, 또는 김치라는 요리 방식이 홍콩의 대표적인 채소를 품었을 때, 그것은 문화 교류의 모범이라고 할 만할 만큼 서로가 자랑스럽다. 그만큼 맛있다. 가끔 홍콩의 한국 식당에서 맛볼 수 있다.

이제 홍콩의 딤섬 식당으로 가보자.

'상환上環' 전철 종점 부근의 선물백화점인 '웨스턴 마켓西港城' 옆에는 전통적인 얌차 식당들이 많이 있다. 그중에서 '북원北園'과 '성월루星月楼'는 전형적인 얌차 분위기와 안정된 딤섬 맛을 볼 수 있다.

센트럴의 백 년 된 딤섬 식당 '연향루蓮香樓'는 손님이 많아서 자리 잡기가 쉽지 않더라도 반드시 가보아야 할 곳이었다. 초기 딤섬 맛을 간직하고 있는 몇 안 되는 곳이기 때문이었다. 그곳의 분위기와 맛은 홍콩의 문화재급이었다. 하지만 코로나 사태를 극복하지 못하고 폐업했다. 그 대안으로 같은 집안인 '연향거蓮香居'를 추천한다. 마찬가지로 미쉐린 맛집으로 손꼽히는 곳이다.

내가 아끼는 코즈웨이베이 '용황龍皇'은 그 이름만큼이나 화려하면서도 최고급의 딤섬을 제공한다.

차마 먹지 못할 만큼 예쁜 퓨전 스타일의 딤섬을 만나보고 싶다면, 침사추이와 센트럴 딱 두 곳에만 있는 (일반명사를 자신의 상호로 할 만큼 자신감 있는) 'YUM CHA飲茶'를 추천한다.

식사하면서 종업원들의 업무 분담을 살펴보는 것도 재미있다. 주문 받는 사람은 주문을 받고, 음식을 나르는 사람은 나르는 동작까지만 한다. 또 음식을 손님의 식탁에 내려놓는 동작은 다른 종업원의 영역이다. 그들의 각기 다른 복장으로 알 수 있다. 물론 그들은 채용 단계부터 각각 다른 조건으로 채용된다. 식당의 체계적인 역할 분담을 통해서 '먹는 행위'를 중시하는 중국인들의 인식을 간접적으로 볼 수 있다.

식당에서 한 가지 더 눈에 들어오는 장면은, 홍콩 식당의 주인이나 종업원들이 잘 바뀌지 않는다는 것이다. 이것은 사회와 식당의 안정을 의미한다고 한다. 알다시피 일본이나 대만 식당의 경우 몇 대를 내려오는 식당이 많이 있다. 그 이유가 소비자의 입맛 변동이 크지 않고, 물가가 안정되어 있기 때문이라고 한다. 홍콩 유명 식당의 경우 종업원들은 단골손님들과 평생을 함께하는 것 같다. 내가 30년 전 학생시절부터 다니던 침사추이의 북경요리 전문점 '녹명춘鹿鳴春'의 종업원들도 나와 똑같이 나이 들어가던 모습이 눈에 선하다. 마찬가지로 코로나 사태를 넘어서지 못하고 70여 년 역사의 문을 닫았다.

식당의 정의

차찬탱

茶餐廳

나는 가끔 천국이나 극락을 상상한다.

낙원 또는 유토피아를 꿈꾸는 것은 우리가 살아 있음의 다른 증거일 것이다. 좋은 환경에서 사는 사람들은 좋은 환경 속에서, 나쁜 환경에서 힘들게 살아가는 사람들은 또 그들대로 이상향을 꿈꾸면서 살아간다.

그렇다면 천국이나 극락은 어떤 모습일까?

종교적 이상향에서는 먹는 행위에 대한 구체적인 설명은 없는 것 같다. 나는 종교적인 이상향이 먹는 것을 뛰어넘어서, 그 어떤 숭고한 기쁨이 언제나 함께하는 공간이라는 가르침에 동의한다. 하지만 먹는 즐거움이 없는 이상향이라면 조금 주저된다. 그런 점에서 홍콩은 안도감을 주는 현실적인 이상향이라고 할 수 있다.

홍콩에서 '식재홍콩食在香港'이라는 표어를 많이 볼 수 있다. '먹거리가 홍콩에 있다'는 의미로서 '먹는다는 것'에

차찬탱 에그타르트, 파인애플번, 밀크티

차찬탱 소고기카레밥

차찬탱 양주식 볶음밥

대한 그들의 자부심을 볼 수 있다. 먹는 행위와 홍콩은 분리될 수 없다. 그래서 홍콩은 쇼핑의 천국이자 음식의 천국이라고 불리는 것이리라. 나는 그 이유로 무엇보다도 음식의 재료가 신선하다는 것에 방점을 두고 싶다. 재래시장이나 마트를 둘러보면 바로 알 수 있다. 호주의 새우, 프랑스의 달팽이, 일본의 와규, 캐나다의 코끼리조개 등 전 세계로부터 수입되는 신선하고 다양한 재료들이 눈에 들어온다.

그 장면을 보면 홍콩 사람들은 정말 '사는 것처럼 사는구나!' 하는 생각이 든다. 주렁주렁 달려 있는 고기는 생고기 상태로 유통되고, 당일 판매를 원칙으로 한다. 생선도 살아 있는 것 위주로 판매한다. 죽은 생선은 말 잘하면 끼워줄 정도다. 이런 신선한 음식 재료들이 홍콩인의 평균수명을 세계 1~2위로 올려놓은 핵심 요인이 아닐까 한다.

나는 홍콩에서 흔한 '완탕면雲呑麵'을 먹어보고 가짜 완탕면에 속고 살아온 지난 세월이 너무나 야속했던 기억이 있다. '완탕雲呑' 속에 들어 있는 탱글탱글한 새우를 먹는 순간 감동했다. 정식 끼니는 아니고, 라면은 먹고 싶지 않을 때, 홍콩에서는 '완탕면'이나 '소고기면牛腩河'을 먹을 수 있다. 면발도 다양해서 쌀국수, 가는 면, 굵은 면, 계란 면 등을 선택할 수 있다. 한국에서는 면 종류와 고명까지 골라 먹을 수 있는 국숫집이 흔하지 않다. 홍콩의 발달된 외식문화를 엿볼 수 있다.

그래서인지 내가 아는 홍콩 친구들 중에서는 집에서 밥을 전혀 안 해 먹는 경우가 많이 있다. 집에서 힘들게 밥을 하기에는 밖에 맛있는 것이 너무 많기 때문이란다.

맛난 것이 많은 홍콩에서도 특별한 식당이 있다. 홍콩 사람들이 주로 '차찬탱茶餐廳'이라고 부르는 곳이다. 상호에 '빙실冰室', '찬실餐室', '커피숍咖啡廳'이라고 되어 있기도 하며, 홍콩의 서민 식당이다. 서민 식당이지만 동서양의 미식이 제공되는 신비의 공간으로, 음식 선택의 권리와 함께 음식의 수준을 보장해주는 곳이다. 차찬탱은 홍콩인들의 고향이자 부엌이다. 어린 시절의 기억은 물론 많은 추억은 차찬탱과 관련이 있다. 세계 어디나 차찬탱이 있는 곳이라면 홍콩인들이 많이 살고 있다고 보면 틀림없다.

차찬탱을 홍콩사전에서 찾으면 차갑고 뜨거운 음료 및 죽, 면, 밥 등을 파는 수준이 비교적 낮고, 저렴한 식당이라고 되어 있다. 아침은 아침대로 토스트, 계란, 햄, 소시지 등의 세트 메뉴가, 점심은 점심대로 덮밥에 음료가 나오는 세트 몇 가지가 제공된다. 오후 차 시간에는 '파인애플 번菠蘿包', '에그 타르트蛋撻', '프렌치토스트西多士'가 손님을 기다린다. 오전 11시 이후에는 메뉴판의 모든 메뉴가 주문 가능하다.

차찬탱에서 반드시 맛보아야 할 메뉴는 '서양식 볶음밥西洋炒飯', '양주식 볶음밥楊州炒飯', '소고기 카레밥咖喱牛腩飯', 소고기 짜장면과 비슷한 '꾼차오아우호乾炒牛河', '밀크티奶茶', '레몬티檸檬茶'이다.

볶음밥은 만들기가 간단한 것 같지만 결코 만만치 않은 메뉴이기에 요리사의 자존심이라고 한다. 볶음밥은 기름에 볶지만, 결코 느끼해서는 안 된다. 요리사의 부지런함을 볼 수 있는 대표적인 요리다. 밥알이 한 알 한 알 볶아져야 하면서도 기름기가 남아 있으면 안 되기 때문이다. 음식 고수들은 식당에 앉자마자 우선 볶음밥 한 접시를 시킨다고 한다. 볶음밥의 내공이 마음에 들어야 다른 메뉴를 안심하고 주문할 수 있는 것이다.

차찬탱에서 놓치지 말아야 할 음료는 '레몬티檸檬茶'와 '밀크티奶茶'다. 홍콩의 '레몬티'에는 정말 그 이름에 걸맞게 레몬이 듬뿍 들어간다. 레몬이 듬뿍 들어간 '레몬티', 명실상부한 음식을 먹을 때의 그 기분은 정말 좋다. 우리는 이름값도 비싼 값도 못하는 음식에 너무 자주 실망하면서 살고 있기에 그 존재가 더욱 반갑다. 차찬탱의 '밀크티'는 또 어떤가. 짙은 홍차 향에 생우유의 맛이 어우러진 '밀크티'도 반갑기 그지없다.

이때 빠질 수 없는 것이 바로 '에그 타르트'와 '파인애플 번'이다. 차찬탱에서 갓 구운 빵 접시를 앞에 두고 티타임을 즐길 때, 나는 홍콩을 다 가진 듯 행복하다.

나는 자주 상상한다. 그리고 혼자서 빙그레 웃곤 한다. 홍콩의 차찬탱이 우리 동네에 생겼다는 뉴스를 들을 때를 말이다. 웃기는 이야기지만 차찬탱 하나만 들어오면 우리 동네의 집값은 천정부지로 오를 것 같다. 온 동네 주부들이 버선발로 달려 나와서 환영할 것이다. 부엌에서 해방되는 날이기 때문이다.

많은 페미니스트들이 여성 해방의 방편으로 우선 부엌으로부터의 해방을 주장한다. 여성이 음식 준비로부터 해방되지 않는다면 여성의 진정한 해방은 요원하다는 말이다. 그런 점에서 홍콩은 여성해방의 전초기지 조건을 갖춘 셈이다.

그 해방 공간의 대표가 '취화 차찬청翠華茶餐廳', '호놀룰루 가배청檀島咖啡廳', '호주 데일리 컴퍼니澳洲牛奶公司', '미도 찬실美都餐室' 등이다.

특히 '미도 찬실'은 1950년대 홍콩 식당의 모습을 고스란히 간직하고 있다. 낡은 창틀과 탁자와 의자는 우리를 1950년대 홍콩으로 데리고 간다. 특히 이 식당의 장점 중 하나는 옛날 타일 장식을 그대로 간직하고 있다는 점이다. 바닥과 벽의 빈티지 타일 장식은 그 오래된 익숙함이 사람의 마음을 편안하게 한다.

1952년에 오픈해서 가장 오래되었다고 알려진 '란방원

蘭芳園'은 지금도 줄을 서야만 음식 맛을 볼 수 있다. 홍콩식 밀크티도 유명하지만, '원앙차鴛鴦茶'를 발명한 곳이니만큼 그것을 맛보는 것이 좋겠다. 밀크티 7할에 커피 3할을 섞어준다. 원앙차는 요즘 표현으로 융복합으로 태어나게 된 것으로서, 홍콩 문화의 특징을 설명할 때 자주 등장하는 아이콘이다.

차찬탱은 우리에게 또 무엇을 보여줄까? 홍콩의 효율성을 보여준다. 우선 그 많은 종류의 메뉴를 주문한 지 5~10분 만에 손님 테이블에 올리는 시스템에 탄복한다. 그리고 손님의 주문을 처리하는 종업원들의 일처리 솜씨를 보고 있으면 또 한 번 더 탄복한다.

하지만 곧 슬퍼질 때도 있다. 그렇게 바쁘게 돌아가는 장면을 보고 있노라면 홍콩 특유의 긴장감이 전해져 오기 때문이다. 그렇게 바쁘지 않으면 업주도 종업원도 먹고살기 힘든 구조다. 손님 회전율을 높이지 않으면 임대료조차 내지 못할 수도 있다. 어느 식당이나 열심히 일해야만 유지되겠지만, 중심가 식당의 경우 한 달에 3주 동안 번 돈이 겨우 임대료에 해당한다고 한다. 가히 첨단 자본주의 체제의 홍콩다운 살인적인 임대료라고 할 수 있다. 건물주는 임대료를 많이 받는 것이 좋을 테지만, 세입자는 적게 낼수록 좋은 것이다.

임대료 때문에 모든 식당들이 부러워할 것 같은 '미쉐

린' 인증을 꺼리는 식당이 많다고 한다. 맛집으로 소문이 나고 권위 있는 기관들로부터 인정을 받으면, 슬프게도 건물주가 그 즉시 임대료를 올리기 때문이다.

한국도 예외는 아니어서 임대료를 한꺼번에 네 배나 올린 건물주가 뉴스에 등장한 적이 있어 마음이 아프다. 홍콩의 마지막 총독 패튼이 살찐 핑계를 댈 정도의 에그 타르트로 유명한 빵집 '태창병가泰昌餅家' 역시 임대료 인상 때문에 죽었다가 다시 살아난 경우이다. 시민들의 모금과 관심으로 도심의 같은 자리에서 다시 영업을 하고 있다.

자기의 이익에 지나치게 집착하는 사회를 '천민자본주의'라고 한다. 개인의 욕심과 능력을 인정하는 것이 자본주의의 토대라면, 자본주의는 개인 스스로가 자신의 욕심을 억제해 나가야 하는 숙명을 안고 있다. 개인의 이기심이 인간의 존엄성을 훼손하는 단계가 되면 모두가 불행하게 된다. 그래서 벤야민은 "자본주의는 모두에게 빚을 지게 하고 죄를 짓게 한다."고 했을 것이다. 임대료를 인상하지 않는 것이 미덕이라는 말이다.

원시적인 홍콩

삼겹살 바비큐 덮밥

燒腩飯

나는 음식을 먹을 때 '물아일체物我一體'를 경험한다.

심지어 고속도로에서 트럭 위에 빽빽이 실려 가는 돼지나 닭을 보면서, 저것들을 나 혼자 먹으면 몇 년이나 먹을 수 있을까를 생각하기도 한다. 내게 '물아일체'의 경지란 '음식物'이 내 몸속으로 들어와 '나我'와 함께 영원히 '일체一體'가 되는 것을 의미한다.

거두절미하고 나는 먹는 것에 집착하는 편이다. 이것은 선천적일 수도 있고, 대학을 졸업한 후 홍콩과 중국에서 공부하면서 맛본 중국음식의 영향일 수도 있겠다. 나는 문학 강의 시간에 학생들에게 가끔 이런 질문을 던진다.

여러분은 어떤 세상에서 살고 싶은가?

여러분이 생각하는 가장 완벽한 세상은?

사람들마다 그리는 이상향이 따로 있겠지만, 내가 생각하는 유토피아는 아래와 같다.

삼겹살 바비큐 덮밥

바비큐

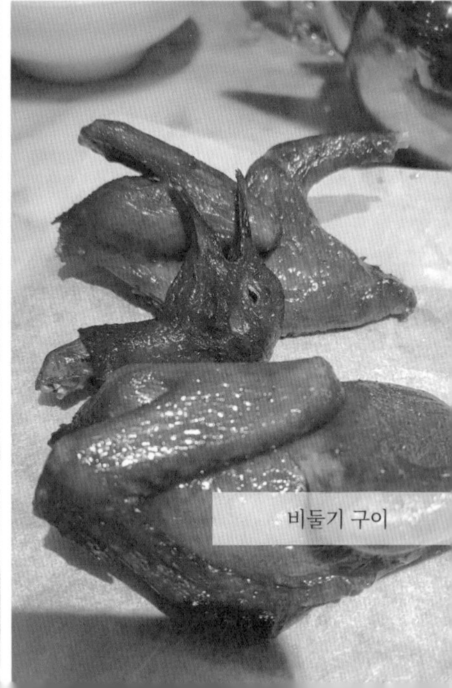
비둘기 구이

아침에는 수십 종류의 죽과 국수, 빵, 만두를 먹을 수 있는 곳, 점심에는 대부분의 식당에서 백 가지 이상의 '딤섬點心'과 덮밥을 골라 먹을 수 있는 곳, 저녁에도 중국 전역의 요리를 맛볼 수 있는 곳 그리고 한국식, 일본식, 태국식, 서양식 요리를 즐길 수 있는 곳이다.

눈치 빠른 분들이라면 아시겠지만, 나의 유토피아는 바로 홍콩이다. 정말 홍콩은 내가 생각하는 '물아일체'를 시시각각 실현할 수 있는 천국이다.

얼마 전 오랜만에 교직원 식당에서 혼자 식사를 하는데, 누군가가 지나가면서 한 마디 툭 던졌다. "혼자서 외롭게 식사하시네!" 그분은 물론 그냥 인사를 한 것이지만, 아직도 혼자서 식사하면 외롭다는 것이 한국 사회의 보편적인 인식이 아닐까? 그런데 혼자서 밥을 먹어도 하나도 이상하지 않은 곳, 혼자 먹어도 아무도 주목하지 않는 곳이 홍콩이다.

홍콩에서는 우리나라에서 혼자 먹기 힘든 '고기'도 혼자 먹을 수 있는 곳이 많다. 특히 거위, 닭, 돼지 바비큐가 주렁주렁 걸려 있는 식당은 그냥 지나치지 않는 것이 좋다. 들어가서 '돼지 삼겹살 바비큐 덮밥燒腩飯' 한 그릇을 먹어보면 무슨 말을 하는지 바로 알게 된다. 금방 만든 통돼지 바비큐의 겉은 바삭바삭하고 속은 촉촉하다. 우리 한국인의 입맛에 딱 맞다.

바비큐는 홍콩의 더위가 만들어낸 작품으로, 무더운 광

동 지방의 전통식품이다. 더운 날씨에도 구운 음식은 쉽게 상하지 않으니까 말이다. 에피타이저로 또는 코스요리를 먹을 때면 언제나 제일 먼저 상에 오른다.

삼겹살 바비큐처럼 홍콩 사람들이 즐겨 먹는 고기가 또 있다. 홍콩에서 공부할 때 옆방의 친구는 밤마다 '비둘기(새끼)구이燒乳鴿' 한 마리를 사 와서, 맥주와 함께 먹었다. 요즈음 말로 '치맥'이 아닌 '비맥'이다.

그때까지만 해도 내 두뇌에 비둘기는 평화의 새이고, 공원에서 보는 존재로 각인되어 있었다. 절대 음식이 될 수 없는 동물이라는 생각을 특별한 이유 없이 해오고 있었다. 아마도 한국만의 사고방식, 또는 수입된 불문율이 자리 잡게 된 것이리라. 그냥 전해져 내려오는 문화의 힘이란 얼마나 무서운가?

그래서 비둘기구이를 먹는 홍콩 친구의 행위에 기겁을 했고 만류를 했던 것이다. 내가 평화의 새 비둘기를 어떻게 먹을 수 있냐고 하니까, 친구는 비둘기를 먹으면 배에 평화가 온다고 했다. 한 달 키운 새끼 비둘기 대가리가 제일 맛있다고 '빠자작 빠자작' 소리까지 내면서 먹었다. 그때 내 두뇌는 알을 깨고 밖으로 나왔다. 홍콩에서의 경험 이후로 음식이 세계관 전환이나 두뇌 능력 확대에 매우 중요한 역할을 한다는 것을 깨달았다.

'비둘기구이를 먹는 중국인은 비문명적이고, 비둘기구

이를 안 먹는 한국인은 문명적인가?' 비둘기구이를 맛있게 먹던 그때 그 친구는 정신적으로 나보다 훨씬 더 유연했다. 물론 그의 가르침으로 나는 대오각성하고 나의 편견을 버렸다. 직접 맛을 보면, 단언컨대 '치맥'보다 '비맥'이 훨씬 맛나다.

그래도 부족할 것 같으면 '새끼돼지 바비큐燒乳豬'를 한 접시 더 시키면 된다. 새끼돼지 구이는 경상도의 문어나 전라도의 홍어처럼 홍콩의 잔칫상에서 빠지면 안 되는 것이고, 귀한 손님을 모셨을 때 반드시 내놓아야 하는 음식이다. 포장해서 호텔방으로 가져와 맥주와 함께 즐겨도 훌륭한 선택이다.

내가 잘 가는 상환上環의 '신원 바비큐 식당新園燒臘飯店'은 2011년부터 '미쉐린' 별 하나를 받고 있는 식당이다. 계산대에서는 손이 안 보일 정도의 속도로 돈을 세는 할아버지가 일했다. 바비큐의 신선함으로는 몽콕旺角 지하철역 부근의 '원기源記'도 상환 지하철역의 '용방龍邦'도 빼놓을 수 없는 식당이다.

구운 고기는 인류의 역사와 함께 해왔다고 해도 과언이 아니다. 그만큼 인간의 욕망에 충실한 먹거리도 드물다고 할 수 있다. 고온다습한 홍콩의 날씨에도 쉽게 상하지 않고, 또 더위를 이겨낼 수 있는 체력을 보장해 주는 바비큐 덮밥은 홍콩인들의 소울푸드라고 할 수 있을 것이다.

보기

심포니 오브 라이트 ● 서언서실

홍콩역사박물관 ● 청킹맨션

야경의 이유

심포니 오브 라이트

Symphony of Light

딤섬, 전차, 스타페리…. 이렇게 홍콩을 상징하는 이미지는 매우 많지만, 야경이야말로 홍콩의 대표 선수라고 할 수 있다. 홍콩에 잠시라도 방문했거나 살고 있거나를 막론하고 누구나 홍콩을 말하면서 가장 먼저 야경을 떠올리게 된다.

사실 수많은 노래 속에서 나오는 '홍콩의 밤거리'의 실체는 야경인바, 야경은 홍콩보다 더 홍콩다운 그 무엇이 아닐까? 홍콩 야경의 유명세는 어제 오늘의 일이 아니다. 나이가 지긋한 분들의 소싯적부터 전 세계 사람들의 입에 오르내렸을 테니 수십 년은 충분히 되었을 것이다. 그때부터 '백만 불'짜리 야경이었는데, 이때 '백만 불'은 무한대의 가치를 말하는 것이겠다.

온 거리가 반짝이는 홍콩에서도 가장 유명한 야경 포인트는 어디일까? 매일 저녁 여덟 시면 이름도 거창한 '심포니 오브 라이트Symphony of Light'를 보려고 항구 이쪽저쪽에서 사람들이 몰려들기 시작한다. 홍콩관현악단이 연주하는 클래식 메들리와 함께 빅토리아항구 양쪽의 대표적인 빌딩 수십 개에서 레이저 빔이 쏟아져 나오면서 10분간 지속된다. 레이저 빔 쇼는 우리가 마치 별천지 4차원의 세계 속에 있는 듯한 느낌을 만들어준다. 누구든 그 광경을 보면 황홀한 빛의 세계에 취하게 된다.

'심포니 오브 라이트'는 세 군데가 감상을 위한 최적의 장소인데, 침사추이 홍콩문화센터 부근, 완자이 '금자형 광장金紫荊廣場', 스타페리를 비롯한 각종 배 등이다. 물론 조용히 혼자 음악을 들으면서 멀리서 감상해도 될 일이다.

공감하는 것이 사랑의 충분조건이라면, 홍콩의 야경은 사랑의 필요조건이다. 시각은 청각과 함께 두뇌를 활성화시키는 가장 쉬운 수단인데, 사랑을 얻고 싶다면 상대를 홍콩의 야경 속으로 데리고 가라. 충분한 보상을 받을 것이다.

마찬가지로 호시탐탐 소비자에게 자신을 기억시키고 싶은 기업들이 홍콩의 야경이라는 이 절호의 찬스를 놓칠 수는 없다. 세계의 유명 기업들은 가장 좋은 자리를 다투어 광고판을 달고 있다. 한국 경제의 규모가 커지면서 삼성과 엘지는 홍콩 사이드 가장 좋은 위치에 광고판을 설치함으로써 한국인의 자부심을 더 높여주고 있었다.

초고층의 빌딩들은 그야말로 형형색색의 빛과 각양각색의 모양으로 홍콩 야경을 만드는 데 일조를 하고 있다. 빅토리아항구를 끼고 나누어져 있는 구룡반도와 홍콩섬은 홍콩 야경의 밑그림이다. 저 멀리 구룡반도를 동서로 가로질러 병풍처럼 펼쳐져 홍콩을 보호하고 있는 '사자산獅子山'도 빼놓을 수 없는 배경이다. 홍콩 사이드의 거대한 빅토리아산, 제각기 세련된 빌딩들, 빅토리아항구는 '백만불'짜리 홍콩 야경을 더욱 돋보이게 한다.

홍콩의 야경은 바다가 있기에 더욱 아름답다. 지상의 빛은 수면의 반사된 빛과 함께 홍콩의 야경을 완성한다. 이 그림을 더욱 생동적으로 만드는 것은 수시로 왕래하는 해상의 각종 선박들이다. 홍콩섬과 구룡 반도를 왕복하는 스타페리, 홍콩의 수많은 섬을 연결하는 페리, 홍콩-마카오를 왕복하는 셔틀, 밤에 출발하여 새벽에 돌아오는 크루즈 여객선, 시민들의 요트와 낚싯배 등등이 만들어내는 아우라와 배 스크루가 만들어내는 물살은 밤바다를 한껏 낭만적으로 만들어준다.

또한 홍콩의 야경은 홍콩의 자유를 연상시키는 매력이 있다. 흔히 '민주는 없지만, 자유는 있다'고 하는 홍콩의 그 자유에 야경이 오버랩되는 것이 아닐까? 언제나 더 멀리 더 넓은 곳으로 나아갈 수 있다는 무한한 자유의 상징인 것 같다. 무엇이라도 상상할 수 있고, 무엇이라도 성취

침사추이 시계탑

할 수 있을 것 같은 그 무한한 자유 말이다.

하지만 세상의 모든 일이 동전의 양면처럼 '양'이 있으면 '음'이 있는 법. 홍콩의 야경은 긍정과 부정을 동시에 안고 있는 만물의 이치를 고스란히 보여준다. 야경의 아름다움이 '양'이라면, 야경으로 인해 잠을 방해받는 것은 '음'이다. 엄청난 밝기의 광고판 때문에 편안한 잠을 위협받는다는 이웃이 많다. 언젠가 시민들이 '빛 오염' 문제를 강하게 제기하기도 했다. 그렇게 본다면 24시간 동안 작동하는 전자 광고판은 근처의 주민들에게는 가해자인 것이다. 그래서 이제 밤 열한 시가 되면 홍콩의 야경도 서서히 잠이 든다.

자연보호를 생각하는 사람들은 야경을 자연 파괴 주범의 하나로 생각한다. 전기 소모량이 클 것이니 석탄이나 석유 등 화석 연료가 많이 들어갈 것이고, 그만큼 자연을 파괴해야 할 것이다. 그만큼 공기도 오염될 것이다. 언젠가 세계 환경 운동에 동참하는 차원에서 홍콩에서 며칠 동안 야경이 사라진 적이 있었다. 하지만 홍콩의 정체성을 유지시켜 나가야 한다는 논리가 득세를 했다. 홍콩의 수장인 행정장관이 당시 금융 위기라는 현실적인 문제를 극복하기 위한 방안으로서 야경의 확대를 결정한 것을 보면 경제는 이제 절대 진리가 되었다.

홍콩의 야경은 유지되고 있다. 다시 말해 말 많고 탈 많은 야경이지만, 전 세계의 관광객을 유치하기 위한 고육지책이라고 할 수 있다.

나는 홍콩을 한 번 이상 다녀온 친구들에게 홍콩의 야경이 왜 아름다운지를 아는가 하고 물어서 친구들을 당황시키곤 한다.

'밤의 경치'가 화려하게 보이자면 우선 높은 빌딩이 있어야 하고, 더욱이 그것들이 밀집되어 있어야 한다. 듬성듬성하게 배치된 건물 속에서 만들어지는 '밤의 경치'는 그것 나름대로 아름다울 수는 있겠지만 화려할 수는 없다.

홍콩의 야경은 밀집된 빌딩숲이 공동으로 만들어낸 것이다. 초고층 빌딩들이 다닥다닥 붙어서 연출하는 '빛의 쇼'인 것이다. 홍콩의 야경은 인구 밀도와 건물 임대료가 세계 최고인 도시 홍콩이 만들어낸 결과물이기에 화려하면서도 슬프다.

홍콩의 야경은 어디서 보는 것이 좋을까?

밧줄 하나에 의지해서 아슬아슬하게 올라가는 '피크 트램山頂纜車'을 타고 '빅토리아피크'에서 볼 것인가.

인적 뜸한 피크의 '루가드 로드盧吉道'에서 나 홀로 조용하게 감상할 것인가.

센트럴 '프린스 빌딩太子大廈'의 옥상 야외 바인 '세바Sevva'에서 맥주 한잔 하면서 즐길 것인가.(이곳은 한국의 연예인들도 좋아하는 곳이다. 지난번에는 많은 사람들에게 둘러

싸인 영화배우 이병헌 씨를 보았다.)

침사추이 해변의 '영화인의 거리星光大道'나 '스타페리 시계탑'에서 세계 각지에서 온 친구들과 함께 소리 지르면서 볼 것인가.

아니면 홍콩의 새로운 성장 동력인 서구룡 지역의 리츠칼튼 호텔 118층의 '오존 바Ozone Bar'에서 칵테일 한잔 시켜놓고 교만하게 내려다볼 것인가.

선택은 여러분의 자유다. 다만 참고해야 할 것은 맑은 날 밤에 '빅토리아 피크'에서 내려다보는 야경이 하늘에 가득한 별의 모습과 같다 하여 홍콩 8경의 첫째로 손꼽힌다는 점이다.

다시 말하지만 야경을 바라보면서 마냥 즐거워할 수는 없는데, 거주민의 불편과, 나아가서 환경오염과 인간의 끝없는 욕심이 떠오르기 때문이다. 홍콩의 야경은 이렇게 우리에게 정면교재도 되고 반면교재도 된다. 하기야 야경뿐이랴, 세상의 모든 이치가 이와 같을 것이다.

홍콩의 자존심

서언서실

序言書室

한때 한국 사회에서 스포츠가 대단히 중시되던 시절이 있었다. 더 정확하게 말하면, 스포츠 중계가 매우 중요하게 취급되던 시기라고 해야 되겠다. 내가 중고등학교를 다니던 시절에는 모든 언론 매체들이 한국팀이 참가하는 국제 경기는 밤낮을 가리지 않고 방영했다. 채널을 이리저리 돌려 보아도 모두가 똑같은 경기였다. 채널이 달랑 서너 개였던 그 시절 시청자에게는 최소한의 선택권마저도 없었다.

언제부터인가 한국대표팀이 참가하는 국제 경기를 안 보면 이상한 사람이 되는 분위기가 자리 잡았고, 이튿날까지 모든 화제는 전날 밤의 경기 결과였다. 지금 생각해보면 이상한 일이지만 특히 북한과의 시합은 반드시 이겨야만 하는 것이어서 아파트 전체가 밤새도록 불을 밝혀놓고 응원을 했다.

철이 들면서 스포츠를 지나치게 중시하는 것이 권위주의 체제의 특징이라는 것을 알게 되었다. 스포츠가 온 사회를 지배하던 분위기를 '스포츠 공화국'라는 말로 비판했던 황필호 교수가 체육학과 학생들에게 수모를 당한 것이 바로 그 즈음이었다.

모든 분야에서 선택지가 없이 정답만 강요되었던 그 시절, 우리 중문과 학생들에게 복음이 전해졌다. 홍콩을 통해서 중국 아니 중화인민공화국의 책을 사 볼 수 있다는 소식이었다. 무언가 새롭고 은밀한 그 무엇이 필요한 청년기, 그것도 리영희 교수의 『전환시대의 논리』나 『8억 인과의 대화』를 통해서 사회주의 중국에 대해 막연한 연정을 품고 있던 때였다.

그때부터 나는 중국의 정부기업이라고 할 수 있는 홍콩의 '삼련서점三聯書店'을 통해서 '죽의 장막' 중국을 엿볼 수 있는 화보집과 중국문학사 등의 책을 구입하기 시작했다. 극우적 논리가 지배하던 서슬 시퍼런 '5공화국' 시절에 '사회주의' 국가인 '중공'의 서적이 어떻게 통관되었는지 지금 생각해도 수수께끼다.

주문한 분량이 많을 경우 당시 신촌의 국제우체국에 가서 찾아와야 했는데, 대놓고 사회주의를 홍보할 것 같은 책은 반품 조치되기도 했다. 용케 통과된 '인민출판사'라는 글자가 찍힌 책들을 책상에 펼쳐두고 신기해하던 그런

시간을 보냈다. 우리가 그런 책을 본다는 사실을 눈치챈 지도교수는 매우 걱정스런 말씀과 눈길을 보내곤 했다.

그즈음부터 나는 홍콩이라는 애매한 공간에 매력을 느끼기 시작한 듯하다. 사회주의 중국은 물론 대만의 책들도 자유롭게 사 볼 수 있고, 특히 중국 책을 보는 것에 대해 색안경을 끼지 않는 자유로운 공간이라는 생각이었다. 하지만 아직 수교 전인 중국으로의 유학은 원천적으로 불가능했다. 또 '반공' 한 가지 시각만 강요되던 대만으로의 유학도 포기했다. 결국 다양한 관점과 입장이 공존하고 용인될 것 같은 홍콩을 선택했다.

홍콩에 도착한 나는 한 건물에 '중화인민공화국'의 '오성홍기'와 '중화민국'의 '청천백일기'가 동시에 나부끼는 장면에 어리둥절한 표정을 감추기 어려웠다. 홍콩의 이런 '애매한' 분위기는 1980년대 후반에 도착한 내게는 물론, 반공 지상의 시절인 1950년대에 홍콩을 방문한 한국인에게도 큰 충격으로 다가왔던 것 같다. 1956년에 홍콩을 방문한 아시아재단 한국지부의 조동재 총무는 이런 기록을 남기기도 했다.

> 영국은 중공만을 승인하고 홍콩의 지리적 위치가 자유세계와 공산국가 간의 중계점을 이루고 있는 것을 소질로 이 눈꼽만한 땅 덩어리를 명실공히 세계 교역 홍콩으로 만들

> 었다. 그 선견지명에 감탄하기보다 그 너무나 노회한 외교 수완이 불유쾌하게 만든다. (…) 홍콩 부두가에 있는 가장 높은 삘딩 중의 하나는 중공 소유로 되어 대상臺上에는 중공기가 나부끼고 있고, 또 서적상에는 좌익 서적이 그뜩하다. 이런 현상은 우리 같은 여행자에게는 최대의 '프라스트레이숀frustration'이다. 힘이 탁 풀리고 허탈감이 생긴다.

새로운 시각과 다양한 관점에 목말라 있던 나는 홍콩에 도착하자마자 홍콩의 서점에 매료되었다. 누구의 간섭도 눈치도 없는 홍콩의 서점에서 그 '무시무시한' '중공'에서 출판된 책을 마음껏 구경했다. 나는 유학생에게 주는 영향력으로 따진다면, 대학의 강의보다 현지 서점의 그것이 훨씬 크다고 생각한다. 적어도 그 당시 나에게는 그랬다.

나는 수업과 아르바이트를 하는 틈틈이 서점 순례를 했다. 그러면서 우물 안 개구리 식의 완고했던 국가주의나 민족주의적 시각을 버리고 자유로운 사고의 세계인이 되어갔다. 지금 내가 남들보다 조금 더 유연한 사고를 한다면 모두 홍콩의 서점들 덕분이다.

홍콩의 서점을 순례하다 보면 홍콩이 왜 세계 정보의 보고인지 알게 된다. 중국 국내에서 출판되는 모든 종류의 책은 물론 홍콩, 대만, 싱가포르 등 전 세계에서 출판되는 중국어 책들까지 쉽게 찾을 수 있다. 심지어 중국 국내에

상무인서관

천지서점

성품서점 입구

서 구하지 못하는 자료들도 홍콩에서 구할 수 있다.

중국학자들에게도 홍콩의 서점 순례는 필수 코스다. 홍콩의 주요 서점은 중국의 정부 기업인 연합그룹聯合集團 산하의 '삼련서점三聯書店', '중화서국中華書局', '상무인서관商務印書館' 등이다. 모두 다 중국에서 출발한 백년기업이다. 삼련은 주로 대륙 출판물을 취급하고, 중화서국은 자체 학술 서적 출판도 겸하며, 상무인서관은 번화가인 침사추이 등지에 영업장을 두고 영업에 치중한다.

3개 서점 모두 좁게는 중국 출판물을 취급하는 서점이지만, 넓게는 중국 문화를 홍보하는 교두보이자 중화인민공화국이라는 국가와 한족 중심의 민족주의를 홍보하는 거점이라고 할 수 있다.

홍콩에서 서점을 습관적으로 순례하던 그즈음, 지금도 센트럴의 재래시장 맞은편에 자리 잡고 있는 삼련서점에서 내 인생에서 매우 소중한 책과 만났다. 『부뢰가서傅雷家書』라는 책이 나의 시선을 사로잡았는데, 부뢰라는 사람의 이름이 생소했다. 책갈피의 소개를 읽고 나서야 그가 중국을 대표하는 번역가라는 사실을 알게 되었다. 그 책은 바로 자신의 아들인 피아니스트 부총傅聰에게 보냈던 편지 모음집이었다.

한 편 한 편의 편지글을 읽어가면서 나는 점점 그 내용에 빠져들었다. 우선 문학, 역사, 철학은 물론 동서양의 음악과 미술을 넘나드는 그의 박식함에 놀랐고, 자신의 모든 인생 경험과 지혜를 자식에게 고스란히 전해주고 싶은 부모의 간절한 마음을 보았다.

아니나 다를까 뒤쪽 서지를 보니 대륙과 홍콩에서 이미 1백만 부가 넘게 팔린 베스트셀러였다. 번역을 결심했다. 그 결심은 몇 년 뒤 현실이 되어서 『상하이에서 부치는 편지』라는 이름으로 한국의 독자들에게 선을 보였다. 지금까지 내 인생에서 가장 많이 팔린 책으로 남아 있다.

또 가볼 만한 서점으로는 어디가 있을까? 완자이灣仔에 있는 '천지서점天地書店'은 홍콩학을 전공하는 연구자는 반드시 들러야 할 만큼 홍콩학에 대한 책의 출판과 판매에 열심이다. 대만계 서점은 코즈웨이베이에 있는 '성품서점誠品書店'이 유명한데, 이 서점은 대만의 100대 자랑거리 중 하나다. 서점이 영업이익만을 추구하는 곳이 아니고, 문화의 전도사라는 것을 보여주고 있다. 공간이 매우 넓고 소비자 위주의 동선 처리를 하고 있어 시민들에게 휴식 공간을 제공한다는 자부심이 보인다.

몽콕旺角지역의 곳곳에 자리 잡고 있는 작은 서점들은 그 규모로 볼 때 가장 홍콩적인 서점이라고 할 수 있다. 홍콩의 다른 곳이 관광객들을 포함한 외지인들의 거리라고 한다면, 몽콕은 홍콩 서민들의 거리라고 할 수 있는데 쇼핑 상가, 영화관, 식당가에 다양한 서점들도 함께 자리 잡고 있다.

몽콕에는 홍콩인들이 흔히 '2층 서점二樓書店'이라고 부르는 상시 할인 서점들이 밀집해 있다. 주로 빌딩들의 2층에 자리 잡고 있는데, 살인적인 임대료 탓에 더 이상 2층에 머무르지 못하고 점점 더 높은 층으로 이동하고 있는 추세다. 그래도 삭막한 홍콩에서 지식의 교두보 역할을 담당하고 있다. 이 '2층 서점'들은 하늘 높은 줄 모르는 홍콩의 임대료 현실을 설명할 때 이용되는 중요한 키워드가 되기도 한다.

2층 서점으로는 '락문서점樂文書店', '전원서옥田園書屋', '문성서점文星書店', '대중서점大眾書店', '학생서옥學生書屋' 등 스무 개 가까운 서점이 있는데, 그중에서도 '서언서실序言書室'은 홍콩 문화의 자존심을 지키고 있는 공간이다.

'서언서실'은 각종 특강과 좌담회도 정기적으로 열리는 '홍콩학' 전문 서점으로 7층에 있는데, 이 건물 자체가 볼만하다. 매우 오래된 골동품 같은 건물로, 홍콩 느와르에 등장하는 갱들의 소굴 같은 딱 그런 곳이다. 입구 양쪽에 있는 작은 우체통들부터 엘리베이터까지 모두 골동품이다.

그 좁디좁은 공간을 활용하는 방법에도 감탄하게 되는데, 구석구석 빽빽이 나열해놓은 홍콩 관련 자료들을 보면 홍콩 사람들이 자신들의 정체성을 지키기 위해 얼마나 노력하고 있는지 알 수 있다. 중국, 대만, 홍콩 등 전 세계에

서언서실 입구

서점 매대의 중국지도자들 평전

서 나오는 홍콩학 관련 자료를 구비해두고 있다.

2017년 1월 이 서점의 구석에서 『사회주의자』와 『노동자 문예』라는 두 권의 얇은 잡지를 구입했다. 이 두 책을 읽으면서 남들은 잘 모르는 어떤 은밀한 움직임을 나 혼자 포착한 기분이었다. 『사회주의자』는 벌써 40호째 발간된 잡지로, "중국과 홍콩의 자본 합작을 반대하고, 중화주의를 반대하고, 동시에 홍콩 민족주의도 반대하면서, 중국과 홍콩의 민중이 대동단결하여 중국공산당과 자본주의를 타도하자"는 주장을 했다. '사회주의자'가 중국공산당을 타도하자는 주장을 하다니, 이도 저도 아닌 애매한 중국공산당의 현위치를 보여주고 있다. 『사회주의자』는 최저임금으로 시급 45홍콩달러(약 7천 원)를 요구하는 주장을 했다. 홍콩의 최저 임금은 2017년부터 2019년까지 34.5홍콩달러(약 5천 원)였다. 2023년 5월부터 40홍콩달러가 되었다.

『노동자 문예』는 계간 잡지로 열 번째 발행된 책이었다. 주로 노동자, 대학생, 전업 작가들의 작품을 수록하였고, 당당하게 정부(홍콩예술발전국)의 찬조를 받아서 발행된 책이다.

중국어를 잘 모르더라도 홍콩의 서점을 한번쯤 둘러보는 것도 좋다. 세계의 모든 정보가 모인다는 홍콩에서 정보가 어떻게 유통되고 있는지를 볼 수 있다.

정보에 대한 홍콩인들의 관심은 '홍콩도서전Hong Kong

Book Fair'을 보면 알 수 있다. 매년 7월 중순 '홍콩 컨벤션 센터香港會議展覽中心'에서 열리는 도서전은 1주일 내내 인산인해를 이룬다. 엄청난 규모의 도서전이 매년 성황리에 개최되는 것을 보면, '아시아 문화를 선도한다'는 홍콩의 자부심이 구호만은 아니라는 생각이 든다.

이제는 거의 사라지고 있는 신문 가판대도 한때 홍콩의 자부심이었다. 골목 입구마다 자리 잡고 있어 바쁜 시민들이 다양한 신문과 잡지를 쉽게 접할 수 있었다. 손에 들고 있는 신문만 보아도 친중국인지, 친대만인지, 또 지식인인지를 알 수 있던 시절이었다. 요즘은 대기업의 편의점이 그 자리를 대신하고 있어 서글픈 마음이다.

아직도 버티고 있는 상환 시장 앞 가판대의 아줌마 사장은 한국어로 '안녕하세요', '감사합니다'를 연발한다. 나는 홍콩에 머무는 아침마다 편의점에서 신문을 사지 않고, 그 가판대로 달려간다.

홍콩의 역사는 없는

홍콩역사박물관

香港歷史博物館

해외여행을 가는 친구들에게 우리는 자주 말한다. 그곳에 가면 그 박물관은 꼭 봐야 한다고. 그렇게 말하는 이면에는 아마도 박물관에 대한 신뢰가 깔려 있다. 무엇보다도 박물관은 현지 역사나 문화를 진솔하게 보여주는 공간이라는 믿음 말이다. 다른 지역과 마찬가지로 홍콩에도 수많은 박물관이 있는데, 홍콩역사박물관을 필두로 '홍콩문화박물관香港文化博物館', '홍콩예술박물관香港藝術博物館', '홍콩해방박물관香港海防博物館', '홍콩다구박물관香港茶具博物館' 등의 공립박물관이 있다. 새로 오픈한 홍콩고궁문화박물관, M+ 박물관도 있다. 그리고 중국의 국보이자 홍콩의 보물이며, 중국학의 최고 학자 '요종이饒宗頤'를 기념하는 '요종이문화관饒宗頤文化館' 등 수많은 사립 박물관이 있다. 홍콩에 가는 친구들은 가끔 이렇게 묻는다.

"홍콩에 가면 어느 박물관을 봐야 해?"

홍콩기와 중국기

이런 질문을 받으면 순간 고민을 하게 된다.

당연히 홍콩을 대표하는 '홍콩역사박물관'을 추천해야 하는데, 그 말이 입에서 쉽게 나오지 않는다. 어디부터 말을 시작해야 하지, 하면서 허둥대기 시작한다. 결론부터 말하면 홍콩역사박물관을 가보긴 해야 하는데, 조심해서 보아야 한다.

나는 박물관을 의심의 눈초리로 보는 사람이다. '역사는 승자의 기록'이라는 말이 있다. 역사는 이긴 사람이 기록하는 것이지, 진 사람이 기록하는 것은 아니다. 즉 박물관은 이긴 사람이 자기 입맛에 맞는 역사를 새로 기록하는 공간이다.

"나에게 천사를 보여 다오. 그러면 천사를 그려줄게."

리얼리즘의 선구자인 프랑스 화가 귀스타브 쿠르베는 이렇게 말한 적이 있다.

나는 이렇게 말하고 다니기도 했다.

"나에게 박물관을 보여 다오. 그러면 그 지역을 말해줄게."

하지만 나는 홍콩역사박물관의 상설 전시인 '홍콩 스토리香港故事'에 대한 책(이하 박물관 내용은 본인의 책 『중국 민족주의와 홍콩 본토주의』에서 일부 참조함)을 쓴 이후에 자신감을 완전히 잃어버렸다. 어떤 곳을 전혀 모르는 사람이, 그곳의 박물관을 견학하고 알게 되는 그곳의 지식은, 그곳의 경험과 사실에 얼마나 부합하는 것일까?

홍콩역사박물관의 '홍콩 스토리'는 홍콩의 경험과 사실에 얼마나 충실할까?

'홍콩 스토리'는 과연 홍콩인이 말하는 그들의 역사라고 할 수 있을까?

대륙의 중국인들이 홍콩을 폄하할 때 자주 동원하는 말은 '홍콩에는 문화가 없다'는 것이다. 그들이 말하는 문화란 이른바 '조국'의 문화일 확률이 크다. 모든 것을 '국가'나 '중국 중심'적인 잣대로 바라보는 것이 그들의 습관이니까. 내가 볼 때 홍콩역사박물관에는 '중국'의 입장이나 잣대로 바라보는 홍콩의 모습이 전시되어 있다.

어느 박물관에나 그것의 배후가 있다. 어떤 물건이나 설명문이 전시되고 게시되기까지 누군가의 '손'을 거친다. 만든 '손'이 있다는 말이다. '전시'와 관련된 박물관의 모든 결과는 이 '손'이 기획한 것이다.

다시 말하면 박물관은 힘센 기획자가 마음대로 꾸밀 수 있다. 따라서 박물관에는 힘센 '손'이 보여주고 싶은 것만 전시되어 있을 가능성이 매우 크다.

그렇다면 홍콩의 힘센 '손', 즉 승자는 누구일까?

그가 홍콩역사박물관을 통해서 보여주고 싶은 것은 무엇일까?

홍콩역사박물관의 '홍콩 스토리香港故事' 전시실에 들어서면 아래와 같은 서언이 당신을 맞이한다.

서언Preface

홍콩은 비록 매우 작은 곳이지만, 지질 구조가 복잡하고, 수목의 종류가 매우 많고, 인류 활동 시기가 빠르고, 신계 지역의 민속 보존이 완벽한 것 등이 매우 독특하다. 하물며 백여 년에 걸쳐 사람들이 잘 모르던 촌락에서 국제적인 대도회지로 탈바꿈했다는 것을 어떻게 설명할 것인가.
홍콩 역사 문화를 알고자 하는 여러분의 간절한 요구를 만족시키기 위해, 우리는 전심전력으로 홍콩 4억 년 역사를 말하는 '홍콩 스토리' 상설 전시를 만들었다. '홍콩 스토리'는 기획부터 완성까지 6년이 걸렸고, 1억 9,000만 홍콩 달러가 투입되었으며, 7,000평방미터에 8개 전시실로 구성되었으며, 홍콩의 자연 생태 환경과 민간 풍속 및 역사 발전을 소개했다. **전람은 재미와 교육 모두를 중시하였기에** (이하 인용자가 짙게 처리함), 홍콩 역사 문화에 대한 여러분의 흥미를 유발할 수 있기를 희망한다. 우리는 4억 년이라는 시간을 넘나드는 이 여행에 여러분을 정중하게 초대한다.

그 배후를 한마디로 정의하자면, 교육적 효과다. 대부분의 국가들이 박물관을 학교와 같은 정부의 공식적인 교육

홍콩의 정체성을 상징하는 중국 전통 문화

수단으로 간주한다. 즉 힘센 '손'은 박물관의 교육적인 효과를 굳게 믿고, 박물관을 통하여 관람객을 교육시키고자 하는 의지를 가지고 있다.

'재미와 교육을 모두 중시한' '홍콩 스토리'는 모두 8개의 전시실로 구성되어 있다.

제 1 전시실 : 자연 생태 환경

제 2 전시실 : 선사시대의 홍콩

제 3 전시실 : 역대 발전 - 한漢대부터 청淸대까지

제 4 전시실 : 홍콩의 민속

제 5 전시실 : 아편전쟁 및 홍콩의 할양

제 6 전시실 : 홍콩의 개항 및 조기 발전

제 7 전시실 : 일본 점령 시기

제 8 전시실 : 현대 도시 및 홍콩 반환

전시실의 구성을 보면 우선 중국 역사를 기준으로 정리되고 있다. 그리고 중국 역사와의 관계 설정에 치중하는 노력은 때로는 '은밀하게' 때로는 '노골적으로' 드러나고 있다. 박물관의 설명문에 그런 노력이 단적으로 나타난다.

월越과 한漢 문화의 융합

Assimilation of Yue to Han Culture

> 진시황이 중국을 통일한 후, 영남 지역은 제국의 판도 내로 편입되었고, 중원 인민은 대량으로 남하하여 중원의 **선진적인 한漢 문화**를 영남으로 가지고 와서, 월越 문화에 지극히 큰 영향을 주었다. 영남의 정치·경제·사회·문화 등 각 방면에 근본적인 변화를 가져왔다. 진秦나라 말기에 천하가 크게 어지러워 남해 위尉 조타趙佗가 기회를 틈타 남월국南越國을 건립하여 영남 지역을 통치하였으며, 민족 화합 정책을 추진하고, 한월漢越 통혼을 장려하였다. 그래서 영남은 월越·한漢 민족, 남월南越 문화와 한 문화 대융합의 신 단계에 진입했다. 한漢 무제武帝가 남월국을 평정하고, 영남은 한 제국의 통치 아래로 들어갔다. 월 문화는 **강대하고 선진적인 한 문화**에 점차 동화되었다. 서한西漢 말년에 이르러 **월 문화는 이미 사라졌다**.

내용을 다시 살펴보면, 진시황이 중국을 '통일'하고, 그 때부터 영남 지역은 이미 제국의 판도 내로 '편입'되었다는 사실을 자랑스러워하고 있다. 그리고 '강대하고', '선진적'이고 '우월한' 등등의 어휘가 따라온다. 그것이 내포하는 의미는? 타자는 언제나 '약소하고' '후진적'이고 '열등한' 존재가 분명하다는 것이다.

실제로 홍콩 문화의 뿌리라고 할 수 있는 '월越' 문화는 중원의 '한漢' 문화에 점차 '동화'되고 '사라졌다'고 서술되고 있다. 한漢 문화의 영향력을 강조하는 이 문장은 역사의 승자와 패자를 보여준다. 본인들의 입장에서 모든 역사는 자랑스럽다. 강한 자가 살아남은 것이 아니고, 살아남은 자가 강한 것이리라. 그래서 니체는 "과거를 해석하는 것은 현재의 에너지다"라고 했다.

중원 문화에 대한 월등한 자부심을 느낄 수 있는 대목인데, 자신에 대한 월등한 자부심은 자연스럽게 배타성을 불러올 수밖에 없다. 즉 '우리'가 선진적이면, 그 누군가는 '후진적'이라는 말이다. 그것이 바로 한족이 주변을 인식하는 기준이다. 주변은 그저 감화를 시켜야 할 대상일 뿐이다. 그냥 '오랑캐'인 것이다.

언젠가 홍콩에서 온 학자들의 비행시간에 여유가 있어서, 광화문에 있는 국립민속박물관을 구경시켜준 적이 있다. 시종일관 무덤덤하게 보고 있던 그들이 드디어 반응을 보인 것은 바로 중국의 연호가 쓰인 문서를 보고 나서였다. 그것을 손가락으로 가리키면서 '그 봐라, 너희들도 중국의 연호를 쓰고 있지 않느냐'는 표정으로 "중국의 연호네"라고 했다. 그들은 그 사실이 그렇게 자랑스러운 것이다.

한 번은 홍콩의 지도교수 부부가 서울을 방문한 적이 있었다. 경복궁을 둘러보는 내내 사모님은 심드렁했다. 건

홍콩역사박물관 내 임칙서 동상

홍콩역사박물관 세미나

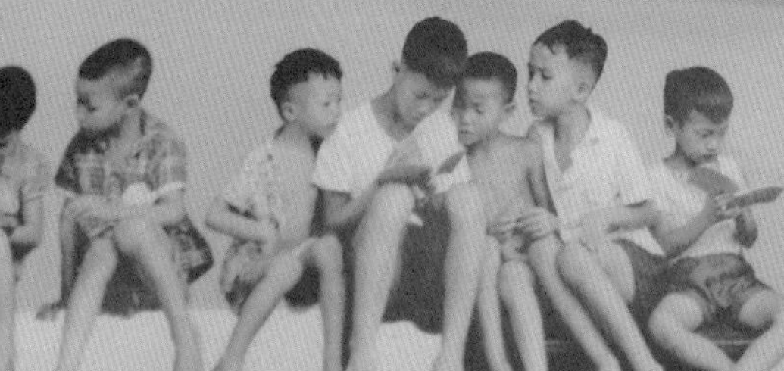

축물이 "중국보다 규모가 작고, 양식이 대동소이하다"고 했다. 물론 이것은 비전문가적 시각이다. 중국과 한국의 고 건축물 양식은 하나하나가 다르다. 사모님의 시각은 중국인의 일반적인 것이라고 해도 무방할 것이다. 우월감에서 나오는 시선이다. 이때 같이 가야 할 곳이 민속촌이다. 민속촌을 한 바퀴 돌아보고 나서야 사모님은 '틀린' 문화가 아닌 '다른' 문화를 보게 되었다. 혼잣말처럼 "한국의 건축물은 자연보다 더 자연스럽다"고 했다.

홍콩역사박물관의 상설 전시물인 '홍콩 스토리'는 중국 민족주의의 살아 있는 교과서다. 더 정확하게 말하면 '홍콩역사박물관'에 홍콩의 역사는 없고, 홍콩을 중심으로 하는 중국의 역사를 강조하고 있기에 '중국역사박물관'이라고 할 수 있다. 그렇게 본다면 홍콩역사박물관의 상설 전시인 '홍콩 스토리'는 홍콩의 '사실'에 맞지 않는다. '홍콩 스토리'를 다 보고 나오는 마지막 순간에 후기가 우리 앞에 등장한다. 대단원이라고 할 수 있는 후기Epilogue를 읽어보면, 박물관의 목표가 더욱 분명하게 드러난다.

후기Epilogue

홍콩은 **영남지구의 일부분**이며, 자연 생태 환경은 **주변 지구와 대동소이**하다. 옛날부터 홍콩의 사회·경제 발전은 영남 - 특히 주강珠江 삼각주의 개발과 **동시적**이며, 행정 제도는 **동일 계통**에 속하며, 전통 문화 및 풍속 습관은 인근 지구와 **일맥상통**한다.
영국의 점령은 홍콩 역사의 분수령이다. 백여 년 이상, 홍콩의 정치·사회·경제 및 문화 발전의 방향과 보폭은 **내지와 달랐고**, 그것의 상대적인 안정적 환경은, 한 세대 한 세대의 **이민을 흡수**했다. 여러 가지 주관 및 객관적인 조건하에서, 손발이 닳도록 일해서 홍콩을 **국제 대도회로 건설**했다. 1997년 7월 1일, 홍콩이 조국에 반환되어 **홍콩 역사의 새로운 페이지**를 열었다. 홍콩 스토리 전람은 홍콩 반환을 결론으로 하고 있다. 하지만 이 홍콩인이 쓴 스토리는 앞으로도 날마다 해마다 영원히 계속될 것이다.

홍콩역사박물관이 관람객에게 가르치고 싶은 것은 홍콩이 '중국 영남지역'의 일부이며, 자연생태 환경이 서로 비슷하다는 점, 행정 제도 또한 동일한 계통에 속하며 나아가서 문화나 풍속도 비슷하다는 것이다. 또 영국의 점령이 홍콩 역사의 분기점이라는 것이다. 영국의 점령 이후 가져다준 '발전'의 방향이 내지와 달라 수많은 이민을 야기했고, 국제 대도시로 발전했다는 것이다.

마지막으로 빼먹을 수 없는 것은 중국으로의 주권 반환이겠다. 주권 반환을 둘러싸고 중국-영국 간 진행되었던 담판과 공동 성명 체결 과정이 자세하게 소개되고 있다. '주권 반환'이라는 테마는 '중국' 또는 '중화민족'이라는 아이콘과는 불가분의 연결고리로서 활용되고 있다. '주권 반환'에 대한 다른 의견은 찾아볼 수 없다.

'임칙서林則徐'와 아편전쟁 관련 내용은 '홍콩 스토리'에서 가장 큰 면적을 차지하고 있다. 임칙서를 민족 영웅으로 자리매김하여 제국주의에 대한 강력한 투쟁의 의미를 부각시키기 위함이다. 중국공산당의 출발이 반제국주의 운동과 연결되어 있기 때문이다.

나아가서 그리고 민족 영웅은 국가 통합을 위한 최고의 재료이기 때문이다. 즉 억지로 영웅이 만들어질 수도 있고, 우리에게 '장렬하게' 영웅이 되라고 강요할 수도 있다.

물론 박물관을 기획하는 단계부터 말이 많았다. 의회와 학계 등에서 주로 제기한 문제는 자연 생태 환경·아편전쟁·'6·7폭동'과 '6·4민주화운동' 등에 관한 전시였다. 역사박물관에 '자연 생태 환경' 전시가 왜 필요한지? 아편전쟁이 중요하다고 해도 그렇게 규모가 커야 하는지? 홍콩의 정체성을 발견하게 된 중요한 사건인 '6·7폭동'이나 '6·4민주화운동' 등은 왜 단 한두 줄의 문장으로 처리되고 있는지? 이런 것들은 지금까지도 쟁점으로 남아 있다.

2016년 12월 초, 홍콩역사박물관에서 국제 세미나가 열렸다. 2021년에 홍콩역사박물관이 새로운 '홍콩 스토리'

를 선보인다고 한다. 준비를 위해 학자들의 의견을 구하는 차원의 세미나였다. 나는 홍콩역사박물관을 분석한 내 책 『중국 민족주의와 홍콩 본토주의』의 요점을 발표했다. 외국인이 홍콩의 박물관을 분석했다는 점에서 많은 질문을 받았다.

그때 나는 대한민국역사박물관 이야기를 해주었다. 개관 전까지 전시와 관련하여 수많은 논쟁을 거쳤고, 보수와 진보의 의견을 대부분 수용하였다고 했다. 오픈한 뒤로도 별 문제가 없으니 앞으로 '대한민국역사박물관'의 경험을 참고해보라는 충고를 했다.

홍콩박물관에서 세미나가 끝나고 구내 기념품 가게에 들렀다. '홍콩 스토리'는 '대충' 보더라도, 그 가게는 꼼꼼하게 둘러보는 것이 좋다.

기념품의 종류와 수준으로 볼 때, 홍콩역사박물관만을 대표하는 것이 아니라, 홍콩을 대표한다고 할 수 있다. 기념품 쪽으로 관심 있는 사람들은 꼭 가보아야 할 장소라고 생각한다. 홍콩을 소개하는 다양한 상품을 통해 그들의 아이디어를 엿볼 수 있다. 물론 홍콩역사와 문화에 관한 책들도 매우 꼼꼼하게 정리해두고 독자들의 손길을 기다리고 있다.

새롭게 태어나는 홍콩역사박물관의 '홍콩 스토리'는 어떤 모습일까. 위에서도 말한 바와 같이 중국 측은 여전히 박물관의 교육적 효과를 철저하게 믿고 있다. 이런 상황에서 홍콩역사박물관 측이 중국 중심의 '홍콩 스토리'의 틀을 과감하게 버리고, 홍콩 자신의 우수한 전통을 자랑하는 '스토리'를 만들어낼 수 있을까?

2023년 7월 현재 여전히 수리 중이고, 축소된 규모의 '홍콩 스토리'가 내용의 특별한 변화 없이 소개되고 있었다.

세계공화국의 구현

청킹맨션

重慶大廈

"청킹맨션, 청킹맨션"

예전 홍콩의 카이탁 공항에 도착해서 공항문을 나서면 호객꾼이 다가와서 이렇게 외쳤다. 그렇게 모아진 배낭족은 미니버스에 태워져서 침사추이의 청킹맨션까지 '배달' 되었다. 청킹맨션은 지금까지도 전 세계 배낭족에게 가장 유명한 홍콩의 숙소다. 교통이 편리하고 숙박비가 저렴하고, 여관, 상점, 식당, 환전소 등이 입점해 있는 청킹맨션은 1961년에 완공된 17층짜리 단독 건물이다.

청킹맨션은 침사추이라는 구룡반도의 가장 번화가에 있다. 바닷길이나 땅길이나 홍콩 사이드로 가는 교통수단을 이용하기에 가장 편리한 곳이다.

나는 2016년 9월에서야 처음으로 청킹맨션에 들어가 보았다. 홍콩에 첫발을 디딘 지 어언 30년 만이었다. 처음 들어가 본 그날 저녁에 홍콩 친구들을 만났는데, 내가 청킹맨션에 다녀왔고, 그 안의 인도식당에서 카레밥까지 먹고 왔다는 말에 놀라는 친구도 있었다. 본인은 홍콩인인데도 아직 한 번도 안 가보았다는 말을 했다.

거의 60년 전에 세워져서 매우 퇴락한 그 빌딩이 주는 무서운 이미지가 발길을 가로막고 있었던 것이다. 게다가 입구 쪽에 각기 다른 피부색의 인종들이 몰려 있어 더욱 '무서운' 분위기를 자아낸다. 그 빌딩에서만큼은 동남아와 아프리카에서 온 상인들, 전 세계에서 몰려든 피란민들, 인도에서 온 노동자들이 주인이다.

이곳은 합법과 불법이 교묘하게 공존하는 곳으로, 지금도 매춘과 대마초 거래가 버젓이 이루어지고 있다.

지나가는 관광객들에게 가짜 시계와 맞춤 양복을 권하는 삐끼들이 설치는 곳이기도 하다.

번화한 침사추이와 선명하게 대비되는 빈민굴인 동시에, 매일 밤 120개 국 이상에서 온 다양한 인종이 모여들어서 작은 'UN'이라 불린다. 심지어 '홍콩특별행정구' 중의 '특별행정구'라고 한다. 청킹맨션 안에서 매일 4,000명이 숙박한다고 하니, 세계에서 단위 면적당 가장 많은 인구가 거주하는 곳이 아닐까?

또한 왕가위王家衛 감독의 영화 '〈중경삼림重慶森林〉'과 '〈타락천사墮落天使〉'에 의해서 다시 의미가 부여된 곳이다. 일찍이 미국의 타임지에 의해 '세계화의 가장 좋은 예'로

ke.com.hk
重慶大廈
CHUNGKING MANSIONS

萬寧
mannings
KATE
TOKYO
CITY CHAIN
重慶大廈
CHUNGKING MANSIONS

청킹맨션

선정된 빌딩이다. 한 걸음 더 나아가서 요즘의 '청킹맨션학重慶大廈學'이라는 학문이 성립되기도 했다. 최근 몇 년 동안 '청킹맨션' 연구에 매달린 고든 매튜Gordon Mathews 교수는 그 안에 머무는 사람들을 상인, 업주와 직원, 파트타임 노동자, 피난민, 가정부, 성 노동자, 약물중독자, 관광객 등으로 분류했다. 다양한 인종들이 더불어 조화롭게 산다는 점으로 볼 때 세계화의 좋은 모델이다.

나는 그동안 홍콩을 연구하면서 홍콩의 가치에 주목해 왔다. 홍콩공항에 도착하면 제일 먼저 '아시아의 세계 도시Asia's World City'라는 문구가 눈에 들어온다. 이때 아시아라고 한 것은 홍콩의 위치이고, 세계 도시라는 것은 세계화된 도시로서의 자부심을 말하는 것이리라. 요컨대 전지구화 시대를 선도한다는 자부심이다.

이렇게 홍콩은 배타적이지 않고, 과격하지도 않다.

강요되는 사상도 이념도 없다.

'적어도' 과거에는 그랬다.

네 편 내 편의 진영 논리나 이분법적인 선악은 성립되지 않는 공간이었다. 1980년대 내가 국가와 민족에 대한 사명감이 충만했을 때, 홍콩에 도착해서 바라보는 홍콩은 참으로 한심한 곳이었다. 도대체 소속감이 하나도 없는 방황하는 영혼으로 보였다. 하지만 체류하는 시간이 길어지면서 홍콩의 그러한 자유가 얼마나 소중한 것인지를 알게 되었다.

인간 해방의 시작과 끝은 이데올로기로부터의 자유가 아닐까? 홍콩에서 공부하면서 나는 정치에 의해서 강요받지 않는다는 사실이 얼마나 행복한지 깨닫게 되었다.

즉 홍콩은 우리 편이나 너희 편에 속하지 않는 '제3의 영역'이 광범위하게 존재했다. 사상이나 이념은 물론 국가나 민족까지도 강요받지 않을 자유, 그것이 보장되는 곳이었다. 하지만 주권 반환 이후 홍콩사회가 나날이 삭막해지고 있다. 이제는 중국이라는 강력한 국가주의의 위협에 직면해 있다. 이제 홍콩 사람들은 '중국 편'인지 '홍콩 편'이지, '아군'인지 '적군'인지 밝히기를 강요당하고 있다. 사회가 '네' 편과 '내' 편으로 나누어지고 있다. 청킹맨션의 정신과 가치가 새삼 중요하게 인식되고 있다. 청킹맨션은 우리에게 '편 가르기' 하지 말라고 충고하는 듯하다.

나는 '국민'이 되기보다는 '세계 시민'으로서의 매너와 도량을 기르는 것이 중요하다고 본다. 나는 내가 '한국인'이라기보다는 '세계 시민'으로서 편의상 '한국'에 거주하는 사람이라고 생각한다. 우리는 '중국인', '홍콩인', '한국인', '일본인'보다는 '세계 시민'으로서 '중국', '홍콩', '한국', '일본'이라는 공간에 잠시 몸을 맡기며 살아가고 있는 존재다. 어디에 살건 상호 존중해야 한다.

앞으로는 누구나 '세계공화국'의 '세계 시민'으로 살아

가야 할 것이다. 그렇게 살아갈 수밖에 없다. 세계화의 길목에 홍콩이 자리하고 있는데, 세계 사람들을 포용하는 '청킹맨션'은 그 상징으로 충분하다. '청킹맨션' C동 3층에 자리 잡고 있는 인도 카레집 '델리 클럽The Delhi Club'에서 치킨이나 양고기 카레를 먹으면서 '세계공화국'을 한번 생각해보는 것도 좋겠다.

알기

광동어 • 홍콩인 • 이천명

홍콩식 자본주의

핍박받는 언어

광동어

廣東語

언어는 사람을 대표하는 기호 중의 하나다.

수많은 학자들이 언어를 국가나 민족 정체성의 대표라고 말한다. 무슨 언어 위주로 생활하느냐 또는 모국어가 무엇이냐 하는 것은 그 사람의 정체성을 파악하는 매우 중요한 단서이다. 일반적으로 미국 사람은 '영어'를 하고, 일본 사람은 '일본어'를 하고, 한국 사람은 '한국어'를 한다. 그리고 중국 사람은 '중국어'를 한다.

그렇다면 1997년 주권 반환으로 중국의 일부가 된 홍콩의 경우는 어떨까? 홍콩인들은 중국어(보통화)가 아닌 홍콩어(홍콩식 광동어)를 한다. 같은 한국 사람이라도, 서울 사람은 서울말을 하고, 경상도 사람은 경상도 사투리를 하고, 전라도 사람은 전라도 사투리를 하는 것과 같은 이치다. 물론 중국 사람이나 한국 사람 모두 부모가 구사하는 언어의 영향을 크게 받는다. 즉 아버지가 복건성 사람이고 어머니가 광동성 출신일 경우, 자녀는 복건어나 광동어에 능통하다. 한국에서도 부모가 경상도나 전라도 출신일 경우 자녀는 그 지역 사투리에 친근감을 느낀다.

중국어에 대한 광동어의 사투리 정도는 상대적으로 경상도나 전라도 사투리보다 훨씬 크다고 할 수 있다. 중국의 면적이 매우 커서 그렇다. 한국인이라면 경상도 사람이 아니더라도 경상도 사투리를, 전라도 사람이 아니더라도 전라도 사투리를 거의 이해할 것이다. 그런데 중국은 좀 다르다. 특히 중국-홍콩이라면 상황이 달라진다.

북경어를 하는 북경 사람은 홍콩 사람들끼리 주고받는 광동어를 못 알아듣는다. 적어도 6개월 정도 지나야 광동어를 알아듣고, 홍콩에서 1년은 살아야 광동어를 비슷하게 흉내 낼 수 있다. 이 정도면 광동어는 다른 지방에 사는 중국인들에게는 거의 외국어 수준이라고 할 수 있다.

이 광동어가 한국어와 사촌 간이라고 하면 믿을 수 있을까? 지금의 광동어 독음을 들어보면, 우리가 한자를 읽을 때의 독음과 비슷하다. 적어도 보통화에 비해서는 그렇다. 과거 한국 유학생들이 농담으로 광동어를 정의할 때 '한국어도 아니면서, 보통화도 아닌 것'이라고 했다. 음운학적으로 볼 때, 광동어와 복건어, 베트남어 그리고 한국어는 시기적으로 중고음에 해당한다. 즉 당나라 음인 '당음唐音'으로서, 학술적으로는 '중고음中古音'이라고 한다.

예전 도올 선생이 이른바 중원에서는 발음이 꾸준히 변화되어왔는데, 주변은 중원의 어음을 자랑스럽게 고이고이 간직했다고, 그것은 변방에 사는 자신의 자격지심을 조금이나마 줄일 수 있다는 심리라고 말한 적이 있다. 한국어 등이 중원에 비해 주변이기에, 중원의 것을 그대로 지키고자 하는 욕망이 강해서 중원의 원음을 잘 보존하고 있다는 말이다. 따라서 '이백李白'과 '두보杜甫' 등 당唐나라 때 시詩는 광동어 발음으로 읽어야 운율 등의 맛을 제대로 알 수 있다.

지금 당나라 사람이 다시 살아난다면, 한국어, 복건어, 광동어, 월남어의 발음과 비슷하게 낸다. 당나라 사람들은 '한국韓國'을 '한궈'라고 발음하지 않고 '한국'이라고 발음하고, '류영하柳泳夏'를 '류융샤'라고 하지 않고 '류영하'라고 발음한다. 중원과 주변 지역의 독음을 비교해보면, 언어라는 것이 국가나 민족을 구분하기에 그렇게 합당한 도구인가 하는 의문이 든다.

한국어, 광동어, 복건어, 베트남어, 일본어는 독음이 비슷하다. 즉 '時間'을 한국어로는 '시간', 중국어 표준어로는 '스젠', 광동어로는 '시간', 일본어로는 '찌깐'으로 발음한다. '學生'은 한국어로는 '학생', 중국어 보통화로는 '쉐성', 광동어로는 '혹상', 일본어로는 '각세이'다. 대체적으로 비슷한 독음 범위 내에 있다.

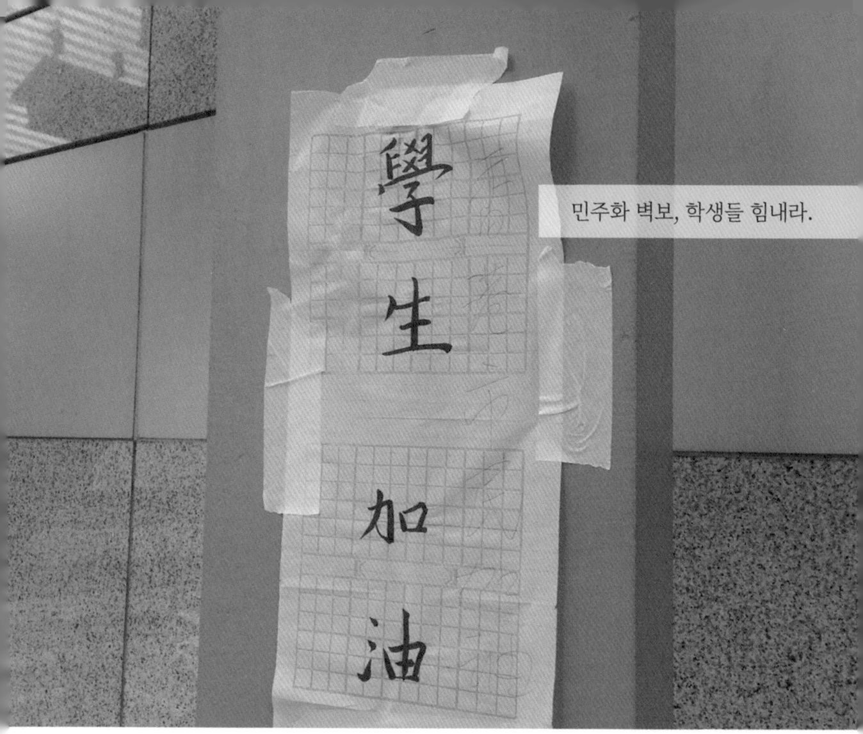

민주화 벽보, 학생들 힘내라.

홍콩대학 학생회 게시판, 공비를 소탕하자는 구호가 크게 보인다.

실제로 이 차이를 느끼고 싶다면, 홍콩의 음반가게에서 광동어 가요 CD를 구입하여 들어봐도 좋겠다. 좋아하는 가수들의 발음을 통하여 광동어의 매력을 충분히 느끼게 된다.

나는 처음에는 광동어가 마음에 들지 않았다. 보통화를 먼저 배운 내가 듣기에는 한마디로 거칠고 투박하게 느껴졌다. 그래서 광동어를 가급적 배우지 않고 보통화로 버티었다. 하지만 수업 시간에 선생님이 직접 '당시唐詩'를 광동어로 낭독하는 것을 듣고는 매료되었다. 그것이 일찍이 시를 창작할 때의 원음이었기에 운율이나 평측이 완벽하게 맞았던 것이다. 밤에 라디오의 광동어 음악 방송을 들어보면 알 수 있다. 광동어로 된 노래와 DJ의 광동어 멘트가 만들어낸 조화는 아름답기 그지없다.

광동어는 사실 '광주어廣州語'라고 불러야 한다. 왜냐하면 광동성에는 객가어客家語를 비롯한 몇 가지 방언이 혼재하기 때문이다. 우리가 말하는 광동어는 엄격하게 말하면 광주시 일대와 홍콩에서 사용되는 말이다. 물론 광주의 광동어와 홍콩의 광동어는 약간 다르다. 남한에 살고 있는 우리가 북한 사람들의 말을 듣는 것과 같다. 그래서 서로 바로 눈치 챈다. 이 사람은 광주에서 왔구나, 이 사람은 홍콩에서 왔구나 하고.

알다시피 광동어는 매우 중요한 방언이다. 사용하는 인

구나 그 영향력으로 볼 때 표준어만큼이나 중요하다고 해도 과언이 아니다. 광동어 영역은 동남아는 물론 멀리 북미 대륙이나 중남미에 이르기까지 광범위한 판도를 보여준다. 광동성 출신의 중국인들이 그만큼 이민을 많이 갔다는 뜻이다.

1919년 '5·4신문화운동' 이후 광동어는 표준어가 될 뻔했다. 광동어의 가장 큰 장점은 광동 출신이 수적으로 해외 화교에서 차지하는 비중이 가장 크다는 것이다. 따라서 경제적으로 매우 유리한 위치에 있다는 점이 높게 평가되었다. 그렇지만 성조가 9개라서 배우기 어렵다는 점이 불리하게 작용하여 최종적으로 탈락했다.

재미있는 점은 1997년 홍콩의 주권이 영국에서 중국으로 반환된 이후, 중국의 정부 인사나 관방학자로부터 광동어가 수시로 비난 또는 천대받고 있다는 사실이다. 역설적으로 광동어로 대표되는 홍콩인의 정체성이 매우 강하다는 반증이다.

주권 반환 이전부터 중국-홍콩 정부에 의해서 초등학교부터 보통화 교육이 꾸준하게 진행되고 있다. 궁극적으로 보통화가 상용되는 문화를 만들겠다는 것이고, 더불어 홍콩인의 정체성 약화를 노리는 조치다. 언어가 문화의 중요한 구성 요소이고, 그것은 시스템적으로 조정이 가능하다는 발상에서 나온 것이다. 그에 대한 반발로 홍콩 지식인을 중심으로 '광동어를 끝까지 지키자'는 내용의 책을 꾸준하게 발행하고 있다.

2018년 1월, 홍콩의 명문대학 중 하나인 침회대학浸會大學에서 발생한 사건은 언어 문제가 중국-홍콩 사이에서 얼마나 민감한 문제인가를 잘 보여준다. 보통화가 졸업에 필수 과정이 되었고, 이를 항의한 학생 간부 두 명이 거친 태도 문제로 정학을 당했다.

홍콩에서 표준어인 보통화를 구사할 때는 조심해야 한다. 보통화를 너무 유창하게 하면 대륙에서 온 졸부 관광객으로 오인받아 무서운 눈총을 받을지도 모른다. 한때 적대감까지 느껴졌다. 홍콩의 백화점에서 쇼핑을 할 때나 길거리에서 길을 물어볼 때, 먼저 내가 한국인이라는 암시를 준 다음에 보통화를 구사하는 것이 좋다. '중국인'과 '홍콩인' 사이에 감정의 골이 깊기 때문이다.

감정은 모든 논리를 파괴한다. 나는 진보와 보수의 갈등조차 감정의 싸움이라고 본다. 감정을 제거하면 상호 관계가 정확하게 보인다. 중국인은 '중국인'으로 살게 하고, 홍콩인은 '홍콩인'으로 살게 하면 된다. 통합은 먼저 각자의 '다름'을 인정해주어야 성립이 가능하다. 중국인들과 홍콩인들은 150년간 남남으로 살아왔다. 주권 반환 이후 다시 '150년' 정도는 흘러야 통합되지 않을까? 아니, 반드시 통합되어야 하는 걸까?

나는 '중국-홍콩 체제'의 정체성 충돌 문제를 바라보면서 통합과 분리에 대해서 자주 생각해본다. 사람은 또는 지역은 통합되어야 행복할까? 분리되어야 행복할까? 각기 다른 정체성은 반드시 통합되어야 하는가?

역사적으로 보면 나누어질수록 평화로운 시대였다고 한다. 사람들은 '통합'이나 '통일'이라는 이데올로기가 작동할수록 불행해지기 시작했다. 춘추전국시대에 제자백가 사상이 나타났고, 위진남북조 시대가 가장 평화로운 시기였다. 다문화가 존중되던 청淸대가 역대 가장 완전한 사회의 표본으로 인식되고 있다. '유럽연합'의 성공은 각기 다른 정체성은 그대로 두고 통합이라는 방향을 설정했기 때문이다. 중국과 한국 등 세계가 배워야 할 지점이다.

중국은 홍콩에 대한 주권을 행사하고, 홍콩은 자신의 안전을 중국에 맡기는 것에 동의하더라도, 홍콩의 '다름'은 인정되어야 한다. 각자의 '다름'을 인정해야 진정하게 '통합'될 수 있다.

제3의 민족

홍콩인

香港人

홍콩인들이 꾸준하게 받는 질문이 있다.

바로 '당신은 어느 나라 사람인가?' 하는 물음이다. 질문을 던지는 사람은 언론사의 기자일 수도, 홍콩을 연구하는 학자일 수도, 술자리의 외국인일 수도 있다. 이런 질문을 하는 사람들은 홍콩을 어느 정도 아는 그러니까 홍콩의 과거와 현재를 아는 사람이라고 할 수 있다. 적어도 지금 홍콩인들의 고민이 무엇인지 알고 있다는 말이다.

홍콩인들은 자신의 정체성에 대해 심각하게 고민하고 있다. 자신들의 자아가 중국정부의 동화 정책에 의해서 완전하게 부정되고 있기 때문이다. 이런 상황에 대해 홍콩 사람들은 '원래 아버지 없이 자랐는데, 어느 날 낯선 사람이 나타나서 내가 네 아버지라고 주장하는 상황'에 빗대어 표현하기도 한다.

중국-영국 간 주권 반환 협상이 진행되면서부터 홍콩인

의 뇌리에 맴돌던 '나는 누구인가?'라는 질문은, 홍콩인의 상실감과 불안감을 나타낸다. 홍콩인은 자신들의 앞날을 의논하는 자리에도 끼일 수 없는 처지였다. 한때 홍콩에서 영화 〈사운드 오브 뮤직〉에 나왔던 노래 중 하나인 '에델바이스'가 유행하기도 했다. '에델바이스'는 나치 독일에 의해 점령당한 오스트리아인의 정서를 대변하는 노래다.

즉 현재 '홍콩인'은 '중국인'에 의해 점령당한 채 과거 영국 식민지 시절의 홍콩을 그리워하면서 살고 있다는 뜻이다. 홍콩은 150년간 영국의 통치를 받았고, 1997년 영국은 홍콩의 주권을 중국에게 '아쉽게' 돌려주었다. 어떻게 보면 홍콩인들은 영국식 교육을 받아 영국식 사고를 하는 '외국인'이라고 보아야 한다. 좀 더 정확하게 말하면, 홍콩 사람들은 '국가'나 '민족'이라는 이데올로기로부터 매우 자유로운 상태에서 교육받았고 생활해온 사람들이었다.

우리 세대 한국인들이 영화관에서 기립해서 애국가를 부른 뒤에 영화를 보았고, 수시로 '반공 방첩' 교육을 받고 자랐다면, 홍콩인들은 그런 이념적 환경과는 거리가 멀었다. 홍콩은 '좌'도 아니고 '우'도 아닌 '제3의 공간'으로서 세계 학자들의 주목을 받아왔다. 그런 사람들에게 어느 날 '국가'와 '민족'이 불쑥 나타난 것이다.

반환 이후 중국의 지도자들과 관방학자들은 홍콩 사람들을 수시로 비판하고 비난했다. 영국의 주구 노릇을 해왔다고, 애국심도 없다고, 경제적 혜택만 바란다고, 뿌리도 부정한다고 말이다.

이러한 혼란 속 홍콩인들의 마음은 어떨까?

주권 반환 이후 오늘까지 홍콩인들은 '자신다움'에 큰 혼란을 느끼고 있다. 바꾸어 말하면 주권 반환 이후 20년이 넘었지만, 자신들의 정체성에 대해 여전히 고민하고 있다는 말이다. 150년간 영국의 통치를 받으면서 자아를 확립해온 홍콩인은 이제 '중국인'이 되어야 한다는 요구에 고민하고 있다.

중국의 요구가 강해질수록 홍콩의 반발심도 강해지는데, 한때 '홍콩공화국'을 세우자는 세력이 나타나기도 했다. 2016년에 출범한 '홍콩민족당'이 그 대표적인 예이다.

'한국인'이 만약 해외에서 수세대의 삶을 영위한다면, 그동안 '한국인'이라는 정체성을 고집할 수 있는 확실한 방법은 '한국인'의 혈통이다. 우선 혈통적으로 부모 모두가 한국인이거나 아버지나 어머니 한쪽이 한국인일 경우 또는 윗대 어느 한쪽이 한국인일 경우를 생각할 수 있겠다. 혈통적인 정체성 다음은 문화적 정체성이다. 언어나 음식을 들 수 있다.

같은 언어를 사용하거나, 같은 종류의 음식을 먹는 것만으로도 사람들은 동질감을 느끼며 서로 위로를 받는

우산운동 당시 홍콩민주화시위를 반대하는 향우회 집회

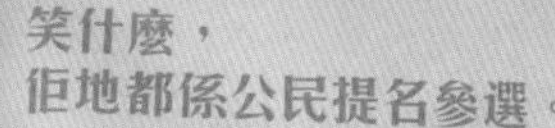

우산운동 당시 홍콩대학학생회 정부 비판 포스터

다. 구사하는 언어나 좋아하는 음식 성향을 기준으로 경상도 사람이나 전라도 사람으로 나누어질 수 있다. 그러나 옳고 틀린 잣대를 대는 것은 근본적으로 잘못된 것이다. 각각의 다른 정체성은 자연스럽게 인정되어야 하는 것이다. 원래 산 하나 넘고, 강 하나 건너 사는 사람들은 '우리'와 달랐다.

홍콩 사람들은 대부분 중국에서 왔다. 혈통적으로나 문화적으로나 대다수가 '중국인'의 범주에 속한다. 그런데 조금 더 세밀하게 들여다보면 '홍콩인'과 '중국인'은 생각이 크게 다르다. 중국인들은 어릴 때부터 밤낮으로 '국가'와 '민족'을 중시해야 한다는 교육을 받아왔지만, 홍콩인들은 법과 제도, 자유가 소중하다는 교육을 받아왔다. 특히 공중도덕이나 예절 측면에서 홍콩인들은 중국인들을 우습게 생각한다. 홍콩인들은 자신들의 법률이나 제도, 언론자유 등에 매우 큰 자부심을 가지고 살아왔다. 하지만 주권 반환 이후 이 자존심이 무너지기 시작했다. 아직도 여러 가지 측면에서 홍콩보다 후진국이라고 할 수 있는 중국이 홍콩의 주인으로 행세하기 시작했기 때문이다.

한때 세계 최고를 자랑하던 언론자유 정도가 이제 세계 90위권 밖으로 밀려난 것만 보아도 상황이 만만치 않다. 1980년대 주권 반환 협상이 시작되고, 1990년대 주권 반환 시기가 다가오면서, 중국 정부가 제일 중시한 작업은 홍콩

내 '반중국적' 언론인 제거 작업이었다. 언론사주를 위협했고, 대기업의 광고건을 통해 언론사들을 압박했다. 반체제적인 언론인들에게는 물리적 폭력을 사용하고, 국가 기밀을 누설했다는 혐의로 기자들을 체포하기도 했다. 중립지 『명보明報』의 편집국장은 길을 가다가 칼로 테러를 당했다. 이제 홍콩의 언론인들은 글을 쓸 때마다 몸조심(자기 검열)을 한다고 고백한다.

홍콩인들 상당수가 공산당이 싫어서 남하한 경우가 많다. 인민해방군이라는 말이나 건물 꼭대기에서 펄럭이는 오성홍기만 보아도 가슴이 철렁하는 사람들이 많이 있다. 내 홍콩 친구 한 명은 오성홍기를 볼 때마다 습관적으로 '공산당이 왔어'라고 말한다.

또 다른 문제가 있었다. 2011년부터 홍콩 매체에 '메뚜기蝗蟲'라는 용어가 등장하기 시작했다. 중국에서 쇼핑이나 관광 또는 원정 출산(2011년 기준 4만 명의 임산부가 홍콩에서 출산)을 위해서 오는 중국인을 가리키는 말이다. '메뚜기'라는 표현만 보아도 그들을 향한 홍콩인의 심사를 알 수 있다. 중국 임산부들은 자식만큼은 세금을 내지 않고, 홍콩의 수준 높은 교육이나 의료 보험 등의 혜택을 누리게 하고 싶었던 것이다. 중국 정부는 임산부들의 행동을 방관했다. 향후 혈통으로서 홍콩을 중국화하고자 하는 인해전술의 새로운 양상이라는 시각도 있었다.

이런 현상으로 홍콩인의 불만이 나날이 고조되고 있는 가운데, 2012년 음력설 이후 홍콩에 쇼핑하러 온 중국 관광객들을 반대하는 시위가 자주 벌어졌다. 이런 갈등을 증명하듯이 『명보明報』는 "내지와 홍콩 사이의 모순이 심화되어, 두 곳의 문화 융합 효과는 아직 미미한데, 중앙 및 홍콩 정부가 정책 측면에서 개입해서 충돌을 수습해야 한다"는 해결책을 제시하기도 했다. 그래서 생긴 규정이 중국인은 일주일에 한 번만 홍콩에 올 수 있다는 것이다.

다시 홍콩인에 대해 이야기하자면, 홍콩인은 어떤 사람일까? 내가 생각하는 홍콩인의 이미지는 우선 사귀기가 어렵다는 것이고, 두 번째는 이해관계에 매우 밝다는 것이다. 내 경험으로 그들은 매우 철저했다. 예를 들면 주택 임대계약을 할 때, 계약기간보다 하루 이틀 늦게 나가면 그만큼의 액수를 정확하게 요구했다. 학생이라고, 외국 유학생이라고 아무리 사정해도 하나같이 요지부동이었다.

중국인들은 홍콩인을 어떻게 생각할까?

그들은 주로 경제적인 측면에서 말한다. 너희들은 중국의 지원이 없다면 죽은 목숨 아니냐, IMF 사태나 금융 위기 때 중국의 도움이 없었다면 지금 홍콩인들이 그렇게 잘난 척할 수 있겠느냐는 식이다. 실제로 홍콩의 경제 위기 때마다, 경기 진작을 위해서 중국 정부는 수천만 명의 관광객을 보냈다. 심지어 지금 홍콩은 중국인 관광객들의 도

홍콩의 민주화운동, 센트럴 점령

홍콩의 민주화운동, 센트럴을 점령한 사람들

움으로 경제가 유지되고 있는데, 그것이 아니었다면 일찌감치 굶어 죽었을 것이라고 말하기도 한다.

한때 사드문제를 이유로 한국을 향해 가한 중국의 경제 압박을 생각해보면 금방 알 수 있다. 중국의 경제 보복을 프랑스도 당했고, 베트남도 당했고, 호주도, 일본도 당했고, 대만도 당했다.

그렇다면 당신은 어느 나라 사람이냐는 질문에 홍콩 사람들은 어떻게 대답할까?

주로 3:3:3 정도의 비율로 나누어진다. 나는 '중국 사람이다'가 30%, 나는 '중국홍콩 사람이다'가 30%, '나는 홍콩 사람이다'가 30%이다. 그런데 정치경제적 상황에 따라 이 비율이 달라진다. 우리 한국사회와 마찬가지로 연령별로 뚜렷한 편차를 보인다. 즉 젊을수록 자신이 절대적인 홍콩인이라고 대답하는 비율이 높았다.

중국이나 홍콩정부는 일찌감치 이 점에 주목하여 그들에게 애국심을 심어주기 위해 초등학생 때부터 중국으로 무료 수학여행을 보내주는 등의 활동을 지원하고 있다. 아이러니하게도 중국을 알면 알수록 공중도덕의 결여나 애국심 강요로 중국을 거부하는 마음이 생긴다고 토로하는 학생들이 많았다.

2014년에 79일간이나 도심을 점령했던 '우산운동' 때는 홍콩에 거주하는 사람들의 45% 이상이 자신을 중국인과는 완전히 다른 '홍콩인'이라고 대답했다. '우산운동'은 '홍콩특별행정구'의 수장인 행정장관 선거의 완전 직선제를 요구하며, 2014년 9월 하순부터 12월 15일까지 약 79일간 이어진 민주화 시위다. 경찰의 최루탄을 우산으로 막아냈다는 점에서 세계 언론이 '우산혁명' 또는 '우산운동'으로 명명해주었다. 1989년 민주화 운동 이후 가장 큰 운동으로 세계의 관심을 받았다.

그렇지만 홍콩 도심을 그렇게 오랫동안 점령했음에도, 정부로부터 아무런 약속을 받아내지 못하고 끝냈다는 점에서 홍콩 민주화 운동의 허점을 다시 보여주었다는 평가를 받았다. 홍콩 야권의 분열을 초래하기도 했다. 하지만 나는 홍콩 시민 계급이 성장하는 또 하나의 과정이 되었다고 생각한다. 홍콩인들이 자신의 문제에 대해, 민주화에 대해, 이렇게까지 진지하게 생각해본 적이 없었기 때문이다.

실제로 '우산운동' 이후 '홍콩인'들이 각종 직업별로 조직화하기 시작했다. 물론 중국이나 홍콩정부도 가만히 있지 않고, 전통적으로 친중국 세력인 '향우회'나 '경로 모임' 등을 지원하면서 맞불을 놓고 있는 중이다.

'홍콩인'의 앞날은 어떻게 될까?

장기적으로 보면 '홍콩인'은 점차 사라질 가능성이 크다. 경제적으로 중국 의존 정도가 점점 확대되고 깊어지고 있기 때문이다. 또 홍콩의 언론이나 교육 시스템에 대한 중국의 간섭이 나날이 강화되고 있다. 중국 중심의 역사 교육도 더욱 심화되고 있다. 역사적으로 보면 국가와 민족 등 거창한 화두가 강조되는 것과 더불어 사회는 경직되어 갔다.

앞에서도 말했듯이 홍콩의 역사는 2020년 6월 국가보안법의 발효 이전과 이후로 나누어진다. 2023년 7월 국가안전의식을 위협하는 '불량서적'에 대한 신고를 받고 있었다.

이제 '중국'이라는 보이지 않는 손이 홍콩의 시스템을 완전히 장악한 것으로 보인다. 홍콩이 자랑스럽게 생각해오던 '똑똑한' 관리 시스템이 곳곳에서 엇박자 소리를 내고 있다. 홍콩 공무원들의 움직임이 예전 같지 않다. 눈에 띄지 않고 모나지 않는 처신이 정착되었다. 홍콩의 공무원들은 절대 속내를 드러내지 않는다. 이 책을 쓴다고 만나본 공무원들도 하나같이 입조심에 철저했다.

우수한 공무원들은 그동안 홍콩 근대화의 가장 중요한 동력 중의 하나로 손꼽혀 왔다. 홍콩 공무원들의 경쟁력의 바탕이던 영어 수준이 날로 떨어지고 있다는 뉴스도 자주 나오고 있다.

어떤 조직이 우수하다면, 그것은 조직원이 우수하다는 뜻이다. 일류대학이 되려면 우선 교수가 일류여야 한다.

각 분야 최고 학자를 모셔오면 그 대학은 일류대학이 된다. 그동안 홍콩정부의 효율성은 우수한 자질의 공무원 덕분이었다. 공무원을 포함한 홍콩인들의 역동성이 현저히 감소되고 있다. 향후 '홍콩인'은 어떤 모습일까?

걸어 다니는 홍콩 정신

이천명

李天命

매번 방학을 맞이하면 홍콩에 간다. 그것이 내게는 휴가이자 공부다. 서점을 다니고, 도서관도 가보고, 저녁에는 학창시절 친구들을 만나서 세상 돌아가는 이야기를 듣는다. 2019년 여름방학에도 숙소 등 모든 예약을 다 해놓고 있었는데, 내 몸이 힘들다는 신호를 보내왔다. 홍콩 친구와의 약속을 연기하는 메시지를 보냈다. 그 친구는 건강이 제일 중요하다고 하면서 내게 더 이상의 위로가 없을 말을 해주었다.

'작은 병은 복이다.'

그 말을 듣는 순간 크게 공감이 되면서 이것이 홍콩 나름의 다름이구나 하고 고개를 끄덕였다. 홍콩의 친구들로부터 인생의 핵심이랄까, 정수랄까, 철리랄까, 그런 말을 자주 듣게 된다. 나는 그것이 홍콩문화의 정신이라고 보는데, 중국 전통에 서구의 사상이 합쳐서 만들어낸 삶의 지혜가 아닐까 생각한다.

중국을 바라보면서 제일 부러운 것 중의 하나는 사상의 흐름이 이어지고 있다는 점이다. 고대 제자백가 사상으로부터 지금까지 사상 체계가 꾸준하게 전승되고 있는 것이다. 중국의 대표적인 사상이라고 해야 할 유학의 흐름도 공자부터 오늘날의 현대 신유학까지 새로움을 거듭하면서 지속되고 있다.

'현대 신유학'은 '5·4신문화 운동'에 대한 반발로 1920년대 탄생되었다. 전통 유학을 객관적이고 동정적으로 이해하는 기초 위에서, 서구 학문을 흡수하여 중국 문화와 사회의 현대화를 도모하는 것을 목표로 한다.

현대 신유학의 1세대는 양수명梁漱溟, 웅십력熊十力,

2세대는 풍우란馮友蘭, 전목錢穆,

3세대는 당군의唐君毅, 모종삼牟宗三 , 서복관徐復觀,

4세대는 여영시余英時, 두유명杜維明 등이다.

중국인들은 그들을 가리켜 '귀신도 일어서서 경의를 표하는 학자들'이라고 하는데, 지금까지도 학계에 지대한 영향력을 가지고 있다.

1949년 중국이 공산화되면서 많은 지식인들이 홍콩으로 피란을 왔다. 그들은 중국공산당 치하에서 제대로 연구를 하지 못하는 신유학의 거두들을 대신해서 중국 유학의 부흥을 위해 노력했다.

홍콩교육대학의 공자 동상

무한한 사상의 자유가 보장되던 홍콩은 신유학을 하기에는 최적의 장소였다. 당군의唐君毅, 모종삼牟宗三, 서복관徐復觀 등이 그 중심에 있었는데, 1958년에 그들의 이름으로 「중국 문화를 위해서 세계 인사들에게 알리는 선언」을 발표했다. 그것은 중국 유학이 새로운 단계로 진입했음을 알리는 외침이었고, 중국 문화가 죽지 않았음을 알리는 선언이었다. 또한 중국 문화가 마르크스주의에 패배한 것은 아니라는 절규였다. 홍콩의 정신은 우선 '반공反共'이라고 할 수 있다. 중국에서 사회주의가 30년간 시행되는 동안 홍콩에서는 첨단 자본주의가 작동하고 있었다.

내가 공부한 신아연구소는 '현대 신유학'의 본산이라고 알려진 곳이다. 그때까지도 모종삼 선생님은 몇 개의 강의를 담당했는데, 강의 자료도 보지 않고 세 시간을 내리 강의하곤 했다.

모종삼 선생님은 교정이나 복도에서 인사를 드리면 내 눈을 20~30초간 응시했다. '요즈음 공부를 열심히 하고 있느냐' 하는 무언의 질책이나 격려 같은 것을 느끼게 하는 그런 눈빛이었다. 당연히 감히 마주 바라보고 있기에는 자신이 없어 매번 고개를 숙이곤 했지만 큰 스승의 언행은 하나하나가 가르침이었다.

모종삼의 제자인 이천명은 중문대학 철학과 교수를 지냈고 2005년 은퇴했다. 무엇보다도 대중적인 인기가 하늘을 찌르는 학자다. 1980년대 말과 1990년대 초, 주로 기독교 사상을 비판하면서 크게 명성을 얻었고, 그때부터 홍콩 대학생들과 젊은이들의 우상이 되었다. 특히 1991년에 세상에 나온 『이천명의 사고예술李天命的思考藝術』은 지금까지도 재판에 재판을 거듭하고 있다.

도대체 무엇이 결코 쉽지 않은 철학책을 이토록 오랫동안 베스트셀러가 되도록 한 것일까?

우선 어려운 철학의 대중화에 탁월한 재능을 발휘한 이천명 교수 덕분일 테고, 그다음에 철학 책을 읽어낼 수 있는 홍콩사회의 수준일 것이다. 하지만 무엇보다 제자백가 사상 이래 수많은 논쟁에 단련된 중국의 전통 덕이 아닐까. 게다가 영국식 근대교육도 큰 몫을 했으리라고 진단해 본다.

수리논리학의 대가이면서 컴맹인 그는 복사기를 3분만 만지면 고장내는 '신비한' 손을 가지고 있다. 그 엉뚱함은 대학 시절부터 나타나서, '중국철학사'의 수업 내용과 시험문제에 대해 담당교수인 천하의 당군의 선생에게 사사건건 트집을 잡아 F학점을 받기도 했다.

홍콩의 신유학을 대표하는 이천명의 정신을 볼 수 있는 문장 몇 개를 그의 책에서 옮겨본다.

> 조리 있게 보면 손오공은 물론 부처님의 손바닥을 벗어나

지 못했다. 하지만 그 상황에서 오줌을 눈 것은 바로 부처님 손바닥의 경계를 초월한 것이다.

자신의 다리 하나를 잃은 것에 비통해하는 것이 하나의 관점이다. 반대로 자신에게 아직도 다리 하나가 있고, 두 다리 모두를 잃지 않은 것이 다행이라고 하는 것은 또 다른 하나의 관점이다. 이것이 바로 관점의 전환이다.

사고할 줄 모르는 사람은 번뇌가 없으나 쾌락도 없다고 할 수 있다. 번뇌가 없다면 높은 차원의 쾌락은 없다고 할 수 있다.

정신병을 앓아보지 않았다 하더라도 정신과 의사를 할 수 있다.

이천명의 사상체계에서는 생각思, 삶生, 죽음死 이 세 가지가 가장 중요하다.

즉 어떻게 정확하고 예리하게 사고할까?

어떻게 유쾌하게 그리고 의미 있게 생존할까?

어떻게 죽음을 맞이하며 또 태연자약할 수 있을까?

평범한 듯 비범한 그의 생각은 그 자신만의 특징이다. 그의 기호가 된 책 『이천명의 사고예술』은 중국의 전통 유

건물 외벽의 공익 광고. '잘하는 것이 홍콩 정신이다.'

학이 홍콩이라는 공간에서 사상의 속박이나 구속을 받지 않고 자유롭게 발전하였다는 증거다. 그렇게 본다면 홍콩은 '중국철학사'나 '중국유학사'의 발전에 큰 도움을 준 곳이며, 나아가서 중국 문화의 방향을 제시한 곳이다.

그는 시종일관 인간의 사고방식에 주목하고 있는데, 이것을 예술의 경지까지 끌어올린 장본인이다. 2015년 그는 인터넷 토론 사이트에서, 나는 "공산당과 친하지 않다. 하지만 공산당을 매우 공경한다. 공경하되 동시에 멀리한다. 不親共, 但頗敬共, 同時敬而遠之"는 어록을 남겨 다시 한 번 세간의 주목을 받았다. 주권 반환 이후 지식인이 자신의 정치적 입장을 밝히는 것이 금기에 속하는 일이 된 지 오래인데, 그의 어록은 많은 것을 생각하게 한다. 나는 이 말이 영원한 지식인으로서 이천명답다고 본다. 정치적으로 갈수록 답답해지고 있는 홍콩 사회의 정서를 대변하고 있기 때문이다.

대학 시절 홍콩에서 신유학 대가들의 훈도를 받은, 박사논문 지도교수인 황유량黃維樑 선생님 역시 꼿꼿한 유학자적인 태도를 간직한 전형이라고 할 수 있다. '홍콩 문학' 연구의 체계를 수립한 선생님은 '언제 와라'가 아니라 '언제 올래' 하는 식으로 나에게 약속 시간을 정하게 했다. 처음 방문했을 때 선생님 연구실을 찾느라 5분 정도 지각을 한 듯하다. 그런데 인사를 받으면서 '너 두 시에 온다고 하지 않았냐'고 확인했다. 그리고 20분 정도 뒤에 다시 '오늘 우리 약속이 두 시였지?' 했다. 다시 10분 정도 뒤에 '두 시였지?' 했다. 그래서 나는 '죄송합니다'를 연발해야 했다. 지금 생각해도 등에 식은땀이 흐른다. 그렇게 내게 정확함을 교육시킨 것이다.

우리 둘의 토론 중에 연구실 전화가 울리면 반드시 '미안하다'고 했고, 통화를 끝내면서도 '미안하다'는 말을 했다. 한번은 토론 중에 책장 저 높은 곳에 있던 책을 꺼내느라 내 의자가 필요했다. 선생님은 양말을 신은 발로 내 의자를 딛고 올라서서 책을 꺼내고는, 내가 다시 앉으려고 하자 '잠깐' 하면서 손수건으로 의자를 닦은 후에 앉게 했다. 이런 언행에 '예의'와 '염치'로 대표되는 유학의 가르침과 영국식 예절이 깔려 있는 것이 아닐까?

백척간두

홍콩식 자본주의

香港式 資本主義

내가 학생들에게 자주 던지는 질문 중의 하나는, 1백만 원 스토리다.

질문의 내용은 이러하다. "내가 돈이 많아서 오늘 여러분에게 1백만 원씩 나누어주겠다." 그러면 학생들의 표정이 단번에 밝아진다. "그런데 한 달 뒤의 상황을 추측해서 말해보라."라고 하면 학생들의 표정이 금방 어두워진다. "여러분은 내가 나누어준 돈 1백만 원을 모두 그대로 간직하고 있을까? 아니면 개인마다 변화가 있을까?"라는 질문을 던지면 학생들은 변화가 있을 거라고 대답한다.

당연히 많은 변화가 있을 것이다. 어떤 친구는 1백만 원을 자기 책상 서랍 안에 고스란히 가지고 있을 것이다. 또 어떤 친구는 돈을 받은 그날 은행에 맡겨서 한 달 동안의 이자를 기다릴 것이다. 또 어떤 친구는 신기하게도 5백만 원 정도로 불려서 자랑할 것이다. 아니면 그것과는 완전히

택시 승하차장 표지판

홍콩식 자본주의를 상징하는 광고

반대로 5백만 원 정도의 빚을 지고 있는 친구들도 있을 것이다.

이런 변화 즉 돈 액수의 변화는 누구의 능력이고, 누구의 책임일까? 라는 질문을 다시 던진다. 단순하게 그것을 개인의 능력으로 본다면, '우'파적 관점이다. 그것을 사회적 시스템의 문제라고 본다면, '좌'파적 관점이다. 같은 사안에 대해서도 의견이 엇갈리는 것이다. 아무튼 좋은 사회란 개인의 능력이 잘 발휘될 수 있고, 또 공정한 경쟁이 이루어질 수 있어야 한다고 말하며 마무리한다.

홍콩에 도착해서 가장 신기했던 것 중의 하나는, (지금은 전혀 새롭지 않지만) 바로 영화관의 좌석을 관객이 직접 선택한다는 사실이었다. 나는 그 당시 한국의 영화관에 대해 불만이 매우 많았다. 입석이나 좌석이나, 구석자리나 좋은 자리나 일률적으로 똑같은 관람료를 받았기 때문이다. 좌석이 모자라 입석을 팔면, 당연히 좌석보다는 훨씬 싸야 한다. 그런데 한 푼의 에누리 없이 입석표를 팔았다.

그런데 홍콩의 영화관은 신기하게도 입석표는 아예 없을뿐더러 모두가 좋아하는 자리, 그러니까 중앙에서 살짝 뒷자리 티켓은 훨씬 비싸게 팔았다. 그것을 알게 된 순간 나는 이것이 말로만 듣던 첨단 자본주의구나 했다.

아파트 주차장에서도 비슷한 사례를 볼 수 있었는데, 아파트를 살 때 따로 주차장을 따로 사야 한다는 사실에 나는 매우 놀랐다. 차가 없는 사람은 주차장을 살 필요가 없고, 반면에 차를 두 대 가지고 있는 사람은 주차장을 두 개 사야 했다. 차가 있는 사람이든 없는 사람이든 무조건 주차장을 사야 하는 한국과는 완전히 달랐다.

이렇게 공정하고 합리적인 법과 제도는 홍콩의 자랑거리 중 하나다. 홍콩 사람들과 대화해보면 홍콩의 법과 제도에 자부심이 가득한 것을 알 수 있다.

홍콩에서 생활하면 지켜야 할 규범이 정확하게 지켜지고 있는 것을 볼 수 있는데, 예를 들면 주차선이 없는 곳에서는 주정차할 수 없다. 아니 주정차를 안 한다. 택시는 정해진 곳에서만 승객을 태울 수 있다. 노란 선이 그어진 곳에서 아무리 손을 들고 있어도 택시는 서지 않는다. 이층버스의 이 층에서는 절대 서서 갈 수 없다. 또 자가용차를 사고자 한다면 먼저 자신의 주차장이 있어야 한다.

중국학자들까지도 중국인들이 통치했다면 현재의 홍콩이 가능했을까 하는 질문에는 부정적이다. 이러한 법과 제도가 홍콩 자본주의를 지탱하고 지지해왔다. 자본주의의 선진국인 영국식 근대화가 정확하게 적용된 결과물이라는 것이다.

법과 제도가 '공정한' 경쟁을 보장해왔고, 부정부패를 감시해왔기에 '아시아의 네 마리 용'으로 성장할 수 있었다.

홍콩이 이른바 성공했다고 하는 이유를 한 마디로 정리한다면, '작은 정부, 큰 사회'라는 원칙을 견지했기 때문이다. 한마디로 정부의 '적극적인 불간섭 정책' 덕분이다. 금융 무역 등 경제 전반에 걸쳐 자유 경쟁 체제를 보장한 것이다. 게다가 그것이 '공정한' 경쟁이 될 수 있도록 정부는 철저한 감독을 했다.

1980년대 중국과 영국 사이 주권반환 협상이 진행되면서, 홍콩 사람들이 가장 우려했던 것은 홍콩식 자본주의가 어디까지 보장될 것인가 하는 것이었다. 내용은 차치하고라도 표면적으로 중국은 사회주의 국가였기 때문이다. 홍콩의 주권이 반환되는 즉시 홍콩에도 사회주의가 시행되는 것이 아닌가 하고 걱정했다. 전해지는 협상 결과에 따라 주가가 요동을 쳤고, 호주나 캐나다로 떠나는 이민자가 줄을 이었다.

그즈음 홍콩 사람들에게 가장 큰 위안을 주었던 것은, 주권이 반환되는 1997년 이후 '50년' 동안 홍콩식 자본주의 제도를 유지하고 보장할 것이라는 등소평鄧小平 등 중국 지도자들의 약속이었다.

홍콩에 사는 기간이 길어질수록 홍콩 자본주의가 내 눈에 들어오기 시작했다. 많은 학자들이 인정하듯이 홍콩은 아시아 어느 국가보다도 근대화에 다가가고 있었다. 내가 보기에 홍콩 자본주의는 거리로 정확하게 부과되는 버스나 지하철 요금체계, 내가 원하는 부위만을 '정확하게' 주는 정육점 등에서 나타나고 있다. 곳곳에서 무엇인가 매우 정확하게 작동되고 있다고 느껴졌다. 한마디로 누가 특별하게 이익을 보거나, 누가 재수 없어 손해를 볼 수 있다는 우려를 안 해도 되는 곳이었다.

이렇게 합리적인 사회, 그 뒤에는 세계 최고 수준을 자랑하는 언론 자유가 든든하게 자리를 지키고 있었다. 하지만 주권 반환 이후 홍콩 자본주의의 공정성을 지켜주고 있던 언론의 자유가 위협받고 있다. 대낮에 큰 신문사의 편집국장이 테러를 당한 사건 외에도, 2016년에는 중국 지도자들의 화제성 전기를 팔아서 돈을 벌어오던 출판사의 관계자들이 홍콩에서 체포된 것도 모자라 쥐도 새도 모르게 중국으로 납치되어 몇 달 동안 조사를 받는 일도 발생했다. 시민을 보호할 책임이 있는 홍콩정부는 시종일관 모르쇠로 일관했다. 현재 홍콩의 상황으로 보면 '홍콩의 언론이 홍콩 사회를 공정하게 감시할 수 있을까? 중국이라는 거대한 정치권력으로부터 홍콩 자유주의의 틀을 지켜낼 수 있을까?'라는 질문은 무의미하다.

홍콩식 자본주의는 자본주의 고유의 고질병도 가지고 있다. 경쟁 그것이 아무리 공정할지라도 경쟁이기에 실패자를 만든다. 주권 반환 이후 한때 아파트 투기 바람이 불어 사람들이 무리해서 아파트를 구입한 적이 있다. 곧 곤

두박질하는 아파트 시세에 수십만 명이 심각한 스트레스를 받았고, 심지어 하루 걸러 한 건씩 자살 소식이 등장한 적도 있다.

지금도 홍콩은 전 세계에서 빈부격차가 가장 크다. 놀랍게도 2010년까지만 해도 최저 임금제가 시행되지 못했다. 2011년 5월 1일에야 「최저임금 조례」가 정식으로 발효되었고, 2년마다 7% 정도 인상되고 있다.

근로기준법도 모호했다. 노동시간 제약도 없었고, 단체협약이나 협상도 몇몇 회사에만 존재해왔다. 그렇게 각박한 환경이 홍콩 특유의 긴장감을 만들어냈다. 홍콩인들은 여유가 없다. 그들의 심리적 여유 부족은 오늘을 살고 있는 우리에게 시사하는 바가 매우 크다.

필자의 지도교수 황유량黃維樑 선생님은 '마음'을 '심방心房'이라고 표현했는데, 홍콩 사람들의 '마음의 방'이 좁다고 했다. 그만큼 심리적인 여유가 없이 산다는 뜻이다.

내가 방을 빼고 이사할 때마다 내게 모질게 대했던 홍콩의 집주인들도 사실은 홍콩식 자본주의의 피해자일 뿐이다. 홍콩에서 '시민과 재벌', '빈부', '민관' 사이의 갈등이 첨예화되고 있다. 재미있는 것은 중국에서도 똑같은 갈등이 첨예화되고 있다는 사실이다. 개혁개방 초기 중국 중앙과 지방정부의 경제부서 공무원들 전원이 홍콩에 와서 홍콩식 자본주의를 배워 간 적이 있다. 어떤 학자는 중국이 홍콩을 지배하고 있는 것이 아니라, 홍콩식 자본주의가 북진해서 중국을 통일하였다는 주장을 하기도 한다.

이제 '중국특색의 사회주의'도 홍콩 자본주의의 문제점을 고스란히 보여주고 있다. 빈부 격차나 지역 간의 편차가 절정으로 치닫고 있다.

이사야 벌린은 "사회주의는 호소하지 않고 요구한다."고 했다. 지금 중국은 홍콩이라는 '특별행정구'를 향해 '일사불란한' 복종을 요구하고 있다. 홍콩 친구들과 대화하다 보면 민감한 주제에 대해 더 이상 입을 열지 않거나 자포자기하는 표정을 보게 된다. 수많은 지식인들이 홍콩을 떠났고 떠나고 있다. 주권 반환 이후 중국이 밀어붙인 '위협'의 결과를 보는 것 같아 씁쓸하다.

홍콩의 민주화는 중국의 민주화와 직결되어 있다고 주장하는 학자가 많다. 중국이 민주화되어야 홍콩이 민주화될 수 있다는 것이다. 홍콩식 자본주의의 '건강한' 발전도 중국의 민주화와 직결되어 있는 것이 아닐까?

ALITY CENTRE
24 hrs
全日

우산운동 당시 홍콩 사이드

홍콩 산책

1판 1쇄 발행 2019년 1월 15일
1판 3쇄 발행 2019년 9월 25일
개정판 1쇄 발행 2023년 9월 27일
개정판 2쇄 발행 2024년 6월 17일

지은이 류영하
펴낸이 강수걸
편집 강나래 이선화 오해은 이소영 이혜정 김성진 김효진
디자인 권문경 조은비
펴낸곳 산지니
등록 2005년 2월 7일 제333-3370000251002005000001호
주소 부산시 해운대구 수영강변대로 140 BCC 626호
전화 051-504-7070 | 팩스 051-507-7543
홈페이지 www.sanzinibook.com
전자우편 sanzini@sanzinibook.com
블로그 http://sanzinibook.tistory.com

ISBN 979-11-6861-176-4 03810

* 책값은 뒤표지에 있습니다.
* 잘못 만들어진 책은 구입처에서 교환해드립니다.